LE LANGAGE DU LOUP

LES LOUPS DE GRANITE LAKE, TOME 1

VIVIAN AREND

WOLF SIGNS / Le Langage du loup

Copyright © 2009 par Arend Publishing Inc.

ISBN : 9781989507995

Correction de la version originale par Anne Scott

Relecture de la version originale par Sharon Muha

Traduit par Murielle Clément et Valentin Translation

Conception de la couverture par Croco Designs

1

———

6 450 calories regardaient Robyn.

Elle ajusta le couvercle de la boîte de pommes, la fermant hermétiquement avant de la déposer sur le cheesecake et le reste de ses provisions. Son regard se posa sur l'équipement éparpillé dans tout son appartement. Son sac à dos, ses skis, le tout rassemblé pour le voyage annuel avec son frère au chalet de Granite Lake.

Une vague d'anxiété et de déception l'emplit alors que Tad faisait son annonce.

— Je suis désolé, sœurette, mais je dois accepter cette demande. Faire voler l'équipe d'escalade et de recherche à destination du mont Logan pourrait constituer une réservation régulière. Ils travailleront dans le parc national Kluane pendant les cinq prochaines années, et si je deviens leur pilote principal, je serai prêt.

Tad glissa une mèche de cheveux lâche derrière son oreille.

— Je déteste annuler notre voyage.

Robyn s'éloigna de quelques pas avant de lui faire face,

ses mains bougeant doucement alors qu'elle parlait en langue des signes américaine.

— Je comprends. Tu dois accepter ce travail. Je vais toujours à Granite Lake.

— Certainement pas. Tu ne peux pas y aller toute seule.

— Tu l'as fait.

— C'est différent, Robyn.

— Ne sois pas bête. Je n'ai pas de pénis, alors je ne peux pas aller dans l'arrière-pays seule ?

Tad haussa un sourcil.

— Ce n'est pas le manque de plomberie, sœurette, et tu le sais. Je vais rarement seul dans la brousse, et si je rencontre quelqu'un, ce n'est pas grave. Je suis un homme, je suis fort et je ne suis pas sourd. Comment comptes-tu parler avec des inconnus ?

Elle lui jeta un oreiller avant de lever les mains pour signer.

— Je vais prendre des blocs-notes. Quelles sont les chances de rencontrer quelqu'un à Granite Lake à cette période de l'année ? Nous y allons toujours en février parce que personne d'autre n'y va. J'ai tout emballé, les repas sont empaquetés et j'ai du temps libre à la boulangerie. Tu m'as même réservé un vol en hélicoptère avec ton pote Shaun. Je n'ai jamais pris l'avion auparavant. Attends une minute, pourquoi mets-tu en avant ta force alors que la dernière fois qu'on a fait du ski, de la lutte et d'autres jeux, je t'ai battu à plates coutures, grand frère. Ne me donne pas cette excuse.

Tad plissa les yeux.

— Arrête d'être têtue.

— Quoi ? Gaspiller toutes ces années de formation ? Tu m'as dit une fois de me défendre et de faire ce que je dois faire, même si je ne peux pas entendre. Es-tu en train de dire que cela ne s'applique plus ?

— Bien sûr que non...

— Bien, parce que je détesterais te traiter d'hypocrite.

L'agacement mis à part, elle avait vraiment besoin qu'il comprenne.

— Je dois aller à Granite Lake. Je dois sortir de la ville pendant un moment. Je serai une gentille petite fille et j'emporterai le téléphone satellite. Je peux parler avec toi mardi.

Tad passa une main dans ses cheveux avant de s'effondrer sur le canapé avec résignation.

— Très bien, tu as gagné. Si tu as besoin de quoi que ce soit, tu m'appelles, ou tu appelles Shaun et il te ramènera chez toi. Compris ? Tu n'es pas obligée de faire du ski si tu ne veux pas.

Robyn s'aperçut dans le miroir du couloir. Des nuances de brun se reflétaient. Cheveux bruns mi-longs, grands yeux bruns avec des taches dorées, et une peau héritée des Premières Nations.

Elle avait vécu toute sa vie au Yukon et son corps solide était plus que capable de faire du ski sur quinze kilomètres. Elle le faisait avec sa famille depuis l'âge de neuf ans. Tad avait parcouru ces chemins avec elle et savait qu'elle aimait chaque minute du voyage.

Elle compta jusqu'à vingt.

Lentement.

— Tad, tu veux avoir mal ? Parce que je peux te botter les fesses si tu en as besoin.

Il cligna des yeux sous le choc.

— Qu'est-ce que j'ai dit ?

Robyn trépigna et lui lança un regard noir. Tad était son frère par adoption, lui et ses parents étaient de couleur plus foncée qu'elle. Ses cheveux noirs, courts, se dressaient en épis pointus à cause du peu de soins qu'il y apportait et ses yeux sombres la fixaient avec confusion.

Cependant, elle avait besoin de clarifier cela. Elle signa, les mains bougeant avec une grande énergie alors qu'elle précisait ses pensées.

— J'aime le ski sur le lac gelé. J'aime aller à la cabane de Granite Lake. Je suis ravie que tu m'aies offert le vol en hélicoptère, mais uniquement parce que je veux prendre la tarière à glace pour partir au chalet.

— Mais...

— Ne t'attends pas à ce que je me comporte en bébé parce que tu ne peux pas venir avec moi cette fois.

Tad lui attrapa les mains et l'approcha pour une étreinte. Il la laissa reculer pour qu'elle puisse lire sur ses lèvres.

— J'étais hors de propos.

Elle acquiesça.

— Désolé. Bon sang, tu as du tempérament. Je suis content que tu ne m'aies rien lancé de dur cette fois.

— J'y ai pensé, mais mon piolet est déjà emballé.

Elle se tourna pour ranger quelques objets supplémentaires, puis attrapa son sac à dos et le mit à côté de la porte.

Il tira sur son bras pour attirer son attention.

— Tu as besoin d'espace, n'est-ce pas ? Tu sembles vraiment tendue.

Robyn retourna à ses skis. Elle joua avec les liens avant de jeter un coup d'œil à Tad.

— Oui. J'ai l'impression que les murs se referment. Ça ira si je peux m'éloigner un peu de la ville.

— Il y a quelque chose...

Tad hésita, regardant partout dans la pièce sauf en sa

direction. Il ouvrit et ferma la bouche plusieurs fois avant de secouer la tête.

— Peu importe.

Elle soupira lourdement.

— Pas encore. Tu le fais au moins une fois par an. Quel que soit le secret profond et sombre que tu caches, j'aimerais que tu le craches. Ou arrête d'en parler, parce que tu me rends trop curieuse. Es-tu gay ?

Tad s'assit sur ses talons, la mâchoire ouverte.

— Robyn !

— Eh bien, tu vires à vingt nuances de rouge chaque fois que tu commences à évoquer le sujet, je pensais que cela avait peut-être à voir avec le sexe. Je m'en fiche si tu es gay, tu sais. Il y a ce type formidable à la boulangerie...

— Merci, mais je ne suis pas gay. Ce n'est rien. As-tu ton spray anti-ours ?

Elle dégagea sa frange de son visage avec un reniflement et pointa du doigt la poche de sa salopette de ski.

— La chose la plus stupide que j'aie jamais portée. J'ai jamais vu d'ours, pas une seule fois au cours de tous nos voyages.

— Un jour, tu seras peut-être contente de l'avoir, sœurette.

— Je pourrais emporter au moins cinq autres barres chocolatées. Cela me fait penser que si je prends du poids pendant ce voyage, ce sera de ta faute.

— Quoi ?

— Nous avons emballé un cheesecake au chocolat et au moka entier à manger cette semaine. Maintenant, je vais devoir souffrir et manger tout ça moi-même.

Elle se lécha les lèvres et sourit.

Le pilote tira sur sa manche et pointa deux fois, d'abord à gauche vers le lac, puis plus loin à droite derrière le chalet.

Elle secoua la tête et choisit la gauche.

Le lac.

L'hélicoptère s'inclina alors qu'il virait pour changer de cap. Autour d'eux, la neige de surface s'agita sous l'effet des hélices qui tournaient, et la blancheur s'éloigna de l'hélicoptère jusqu'à ce qu'il n'y ait plus qu'une base de neige solide sous le train d'atterrissage.

Robyn attendit alors que le pilote ouvrît sa porte. Elle l'aida à décrocher ses skis des pales d'atterrissage pendant qu'il enlevait le reste de son équipement de la banquette arrière et le laissait tomber sur la neige à côté d'eux. En moins d'une minute, elle fit une dernière vérification pour s'assurer que toutes ses affaires étaient sorties, puis elle leva le pouce pour le pilote, elle s'accroupit et se précipita vers le rivage. Le vent la secoua pendant une minute alors que l'hélicoptère s'élevait, survolant la petite colline au nord, retournant à Haines Junction.

Elle regarda autour d'elle et inspira longuement et lentement, l'air frais lui glaçant le fond de la gorge. Pas un nuage dans le ciel pour masquer le bleu. Les montagnes autour d'elle étaient hautes et couvertes de neige. C'était beau et accablant à la fois. Le lac s'étendait devant elle, sa grande baie à ses pieds et sa plus grande longueur s'étirant comme un serpent vers le sud pour disparaître au détour de la montagne. Un sentiment de réconfort se répandit dans tout son corps.

Tournant en rond, elle remarqua que la cabane face au lac avait été rafistolée depuis la dernière fois qu'elle était sortie. Quelqu'un avait réparé les supports du porche et ajouté une série de crochets le long du mur nord. Des pelles à neige et des haches qui avaient été enfouies sous un bon mètre de neige en février dernier pendaient à la vue de tous, faciles d'accès.

Poursuivant son observation, Robyn fut surprise de voir un nouveau bâtiment un peu à l'écart de la cabane. C'était trop petit pour être une autre zone de couchage, et ils n'avaient pas besoin de plus de rangements.

La température était chaude pour février, moins deux degrés, mais plus elle restait au même endroit, plus le froid s'insinuait dans ses os. Elle retrouva péniblement le chemin pour transporter son équipement jusqu'au chalet. Elle prendrait plaisir à explorer le nouveau bâtiment une fois qu'elle se serait installée pour la nuit.

Bientôt, son sac à dos reposa sur la plateforme basse couvrant l'arrière du minuscule chalet d'une pièce. Il y avait de la place pour six sacs de couchage côte à côte, avec, à leurs pieds, une extension supplémentaire de près d'un mètre qui servait de banc. Robyn réfléchit une minute avant de poser son sac le long du mur près de la fenêtre. Elle doutait que quelqu'un d'autre se présente à la cabane, mais elle ferait mieux de revendiquer sa place au cas où.

Au deuxième voyage, elle emporta le cageot rempli de produits d'épicerie. Grâce à l'hélicoptère, la nourriture de ce voyage était différente de ses marchandises sèches habituelles. Elle avait des fruits et des légumes frais pour au moins quatre jours, de bons pains français et le redoutable cheesecake au chocolat et au moka. Prendre un vol avait des avantages certains.

Elle laissa le cageot sur le petit comptoir qui longeait le mur de gauche jusqu'au poêle à bois. Le chalet était si exigu qu'il y avait à peine la place pour une table et quatre chaises sur le côté droit, et un banc étroit à côté de la porte en planches solides.

De retour au lac, elle utilisa la tarière à glace pour

percer un trou dans la surface de cette dernière avant de transporter l'outil jusqu'au chalet et de trouver un crochet vide pour l'accrocher. Robyn sourit en le dévisageant pendant une minute. Elle avait acheté sa contribution à la politique « laissez-le mieux que vous ne l'avez trouvé » dans une vente de garage l'été précédent pour vingt dollars.

Truite du lac pour le dîner. Elle pouvait à peine attendre.

D'abord, elle vérifierait le nouveau bâtiment.

Avec de la neige jusqu'aux genoux, elle gravit les deux dernières marches qui s'élevaient au-dessus de la ligne de neige, détacha les fermetures et jeta un coup d'œil à l'intérieur.

Il y avait un petit espace ouvert avec deux fenêtres latérales et une lucarne couverte de neige au-dessus. Des goujons en bois bordaient les murs intérieurs à hauteur de tête et un banc bas courait contre l'espace mural. Une autre porte était placée au centre de la pièce.

Mon Dieu, était-ce une douche dans le coin ? Robyn se dirigea vers le recoin avec étonnement. Quelqu'un avait apporté une cabine de douche à Granite Lake et l'avait installée dans cette petite cabane.

Son cœur se retint de battre pendant une seconde, se demandant si sa supposition de ce qu'il y avait dans l'autre pièce était correcte.

Elle se précipita, ouvrit la porte centrale et entra, humant l'odeur de cèdre et de fumée de bois. Dans le coin se trouvait un vieux poêle ventru avec des pierres de civière entassées tout autour. Deux niveaux de bancs avaient été construits dans les murs et quelques grands seaux ornaient le dessus du poêle.

Un sauna.

Quelqu'un avait construit un sauna. Elle pouvait réaliser un rêve.

Tad serait furieux d'avoir raté ça.

Mais le vrai débat était de savoir si elle voulait allumer le feu ou si elle souhaitait toujours aller à la pêche pour son dîner.

Robyn passa sa main sur le bois lisse et respira son riche parfum. En fait, c'était une décision facile. Elle ferait les deux. Allumer le feu n'était pas un gros problème, et elle aurait le temps de pêcher avant qu'il ne se réchauffe correctement.

Les heures suivantes passèrent rapidement pendant qu'elle installait sa ligne de pêche, disposait son matelas de camping et son sac de couchage et mettait en marche les deux réchauds.

À six heures, il faisait nuit et elle était allongée sur le dos sur l'un des bancs supérieurs du sauna désormais bien chaud. Elle avait apprécié la truite poêlée pour le dîner avec un verre de merlot, et elle était sur le point de se sentir très, très bien. Ses frustrations s'évaporèrent avec la sueur qui coulait de son corps.

C'était ça, la vie sauvage.

Elle s'assit, ramassa un peu plus de neige fondante de la marmite sur le poêle et la versa avec précaution sur les pierres chaudes pour faire monter la vapeur dans la pièce. Remarquant que le pot était presque vide, elle se glissa dans l'annexe et enfila ses bottes. Elle s'appuya sur la porte extérieure, et s'avança dans l'obscurité avec un seau dans chaque main.

Elle percuta quelque chose de solide qui n'était pas là auparavant. Quelque chose de grand, dur et couvert de… Goretex ?

2

————

TJ se figea, sous le choc, lorsqu'une femme nue rebondit sur lui et tomba en arrière, des seaux métalliques volant de ses mains. Il tendit la main pour l'attraper avant qu'elle touche la neige, il lui parla calmement, même si elle se débattait dans ses bras.

— Waouh, détendez-vous. Désolé, je ne voulais pas vous surprendre.

Elle continua à se tordre et à se démener, une main tendue vers ses bottes. Il l'aurait bien relâchée, mais il craignait qu'elle se blesse en se trémoussant comme elle le faisait.

Un coup sec dans les côtes le fit haleter et desserrer son étreinte. Un autre coup fut assené plus près de son aine et ses mains se détendirent encore.

— TJ, laisse-la partir, elle panique, cria Keil à une courte distance et, distrait, TJ la laissa tomber.

Oh, putain.

— Qu'est-ce que... ? Hé, range ça, espèce de petite crétine ! Je t'ai dit que je ne te ferais pas de mal.

Il s'éloigna de l'endroit où la femme était accroupie, un

couteau de chasse à lame fixe entre eux. Elle se précipita vers la sécurité du sauna et claqua la porte immédiatement. Le bruit de quelque chose de lourd qu'on traînait devant se fit entendre.

— Que se passe-t-il ? Hé, madame, on ne va pas vous faire de mal. Nous sommes juste...

— Arrête.

Keil le rejoignit à la porte.

— Il se passe quelque chose ici qui n'est pas normal. Nous l'avons surprise, mais quelque chose d'autre ne va pas.

Il leva la main pour toucher la barrière en bois, puis se pencha en avant et renifla plusieurs fois. L'inquiétude se lisait sur son visage.

TJ s'arrêta aussi et renifla l'air.

— Merde, c'est une louve.

Il secoua la tête de frustration.

— Essaie de t'éloigner du groupe pendant quelques jours et regarde ce qui se passe. C'est comme un complot. Penses-tu que quelqu'un là-bas a une caméra-espion qui nous surveille quand nous quittons Haines ? Ce serait plutôt cool si c'était un groupe chaud, tu sais, comme le KGB, le FBI, le CSI, les SEALs et tous ces gars faits de lettres. Mais pas la SPCA ou la PETA, ce serait effrayant de les avoir au cul.

Il se dirigea vers l'endroit où son frère se concentrait. Keil appuya son front contre la porte et ferma les yeux tout en continuant à respirer longuement et avec lenteur.

Qu'est-ce qui le faisait agir si bizarrement ? Il était comme un gamin dans un magasin de bonbons. Superman Sauvage, toujours bien et attentif, reniflant comme un chien après un os enfoui sous terre depuis longtemps.

Il se passait quelque chose, mais même si sa vie en dépendait, TJ ne pouvait pas le comprendre.

TJ renifla encore fortement, avant de hausser les épaules. Il se détourna, frappant le bras de son frère, en laissant échapper un ricanement méchant.

— Bien sûr, elle était plutôt gentille. Je pense qu'elle serait intéressée par...

Une violente poussée l'envoya voler en arrière dans la neige.

— Hé, fais gaffe !

Il s'assit dans la neige jusqu'à la taille et s'essuya les mains en marmonnant des insultes à l'encontre de son grand frère.

— Mec, ton sens de l'humour est dans le lac ce soir. Il faut te réveiller...

Un grognement grave et menaçant le fit s'arrêter de s'agiter. Keil s'avança vers lui, les yeux sombres, les dents apparentes.

Les cheveux de la nuque de TJ se dressèrent et il recula dans la neige épaisse, essayant de garder une distance de sécurité entre eux.

— Bon sang, qu'est-ce qui ne va pas chez toi ? Je plaisantais.

Keil marqua une pause. Il baissa la tête et son corps trembla alors qu'il prenait de profondes inspirations apaisantes. Plusieurs respirations plus tard, il tendit la main pour aider TJ à se remettre debout.

Ils se regardèrent avant que Keil ne se retourne vers le sauna.

— Hum, mon frère, quoi de neuf ? demanda prudemment TJ. Tu as l'air un peu fermé et cela ne te ressemble pas. Je veux dire, il y a une fille ici. Ce ne sera pas l'escapade tranquille que nous avions prévue, mais ce n'est pas comme si nous étions tombés sur une réunion d'imitateurs d'Elvis. Elle ne posera aucun problème.

Keil étouffa un rire, un son brut qui fit faire à TJ un pas prudent hors de sa portée.

Au cas où.

Son frère donna à TJ une légère tape sur l'épaule.

— Nous allons devoir lui écrire un mot ou quelque chose pour la convaincre qu'elle peut sortir.

— Pourquoi ne la laissons-nous pas y rester jusqu'au matin ? Elle pourrait se sentir plus en sécurité en s'aventurant à la lumière du jour, suggéra TJ sur le chemin.

— Je ne la laisse pas enfermée là-dedans !

— Hé, pas la peine de m'arracher la tête. Je ne suis pas celui qui file au clair de lune. La seule fois où j'ai essayé, ces jumelles pourries, Rachel et Beth, ont volé mes vêtements et j'ai dû grimper par la fenêtre arrière de la salle de conditionnement...

La voix de TJ s'estompa lorsqu'il réalisa que son frère était toujours à côté de la porte du sauna. Secouant la tête, il cria d'une voix chantante :

— Ohé ! Ici la Terre, appel à Keil. Je pensais qu'on allait écrire une note. Qu'est-ce qui t'arrive, mec ? Tu agis comme si tu n'avais jamais vu de femme auparavant, et ce n'est pas vrai. Tu as plein de nanas partout, tout le temps. Dans la meute et en dehors. Non pas que tu profites de tes opportunités comme je pense que tu devrais le faire. Laisse-la tranquille. Elle ira bien. Ce n'est pas comme si elle allait geler ni rien.

Un grand reniflement suivit.

— Écoute, déclara Keil, je ne laisse pas ma compagne enfermée dans un sauna toute la nuit parce que j'ai été trop stupide pour comprendre comment réparer un malentendu.

TJ s'arrêta en pleine course.

— Ta compagne ?

Keil soupira, sa tête se tournant vers le sauna comme s'il l'avait attirée.

— Oui. Je pense.

— Oh, merde.

~

Robyn regarda par la fenêtre jusqu'à ce que les deux hommes partent. Ils disparurent de sa vue, et la lueur des bougies apparut dans les fenêtres du chalet.

Eh bien, ça avait été de justesse.

Super. C'est bien d'utiliser son cerveau.

Quelle chose de stupide à faire – sortir à poil sans vérifier d'abord. Elle savait qu'il ne fallait pas supposer qu'il n'y aurait personne. Elle n'avait même pas pensé aux animaux. Pour l'instant, elle regrettait de ne pas être tombée sur un ours.

C'était le genre d'accident contre lequel Tad l'avait prévenue. La raison pour laquelle il n'aimait pas quand elle voyageait sans lui ou leur groupe d'amis. Elle était capable de prendre soin d'elle-même quand il s'agissait de survie, mais la présence d'autres personnes rendait toujours les choses difficiles. En quelque sorte, sa surdité était la garantie que quelque chose tournerait mal si elle rencontrait de nouvelles personnes dans le désert.

Elle se laissa retomber sur le banc du sauna et tenta de se détendre. Elle tenait toujours son couteau et, en tordant le manche dans sa paume, elle frotta les gravures du bout des doigts comme sur un galet lisse, jusqu'à ce que la sensation familière la calme au point qu'elle puisse commencer à voir l'ironie de la situation.

Je parie qu'ils ne s'attendaient pas à se rincer l'œil. Elle versa un peu d'eau maintenant chaude sur sa peau, nettoya la sueur et rinça ses cheveux. Elle se demanda si les hommes voudraient le sauna une fois qu'elle aurait fini. Elle ne remplirait pas le poêle, mais laisserait un lit de braises.

Elle devait rentrer au chalet. Ce serait idiot de passer la nuit dans le sauna juste parce qu'elle avait eu un choc.

En plus, désormais, ils savaient qu'elle avait un gros couteau.

Elle s'essuya dans le sauna puis entra dans l'annexe pour s'habiller. Du blanc contre la fenêtre attira son attention et elle leva une bougie pour l'examiner.

Désolé de vous avoir fait peur. Nous sommes Keil et TJ de Haines, en Alaska, et exploitons la société d'excursions en pleine nature Maximum Exposure. Nous sommes membres du groupe Granite Lake.

Si vous avez peur de venir au chalet, veuillez mettre deux bougies allumées sur la fenêtre, et nous apporterons votre équipement de couchage, votre nourriture et l'eau à la porte, et vous pourrez les récupérer lorsque vous vous sentirez en sécurité. Nous vous promettons que vous pouvez revenir en toute sécurité.

Si vous voulez, approchez-vous en loup.

Robyn lut la note avec une certaine perplexité. Bon, la première partie était sympa, mais de quoi parlaient-ils, « approcher en loup » ?

Ce devait être une sorte de code de l'arrière-pays qu'elle n'avait pas encore saisi. Ils venaient de Haines — c'était peut-être un argot américain. Parfois, les petites différences entre le vocabulaire américain et le vocabulaire canadien donnaient lieu à des choses étranges.

Elle suspendit sa serviette mouillée dans le sauna, puis enroula ses cheveux dans une serviette sèche et se tourna vers la porte. Elle inspira profondément. Elle pouvait le faire.

En retournant au chalet, elle regarda par la fenêtre, vérifiant avant de s'approcher de la porte. L'un des hommes était assis sur le bord de la plateforme de couchage, son visage hors de vue pendant qu'il parlait, ses mains faisant de grands gestes.

Super, un agité. Toute cette énergie sans rien dire.

L'autre s'adossa à la table, ses bras le soutenant, son regard parcourant la pièce. Soudain, il la regarda directement par la fenêtre. Même si elle aurait dû être invisible pour lui, une personne dans le noir alors qu'il était dans la lumière, il l'avait vue. Il se redressa un peu, et levant les bras, il les croisa sur son cœur et baissa la tête.

Robyn s'arrêta sous le choc.

C'était le signe en langage des signes pour « amour ».

C'était la goutte qui faisait déborder le vase. Elle parcourut le reste du chemin en tapant des pieds jusqu'au chalet et ouvrit la porte. Laissant ses affaires sur le banc, elle enleva ses bottes et marcha jusqu'au bâtard et commença l'équivalent sourd qui consistait à crier à l'aide de ses mains et de son corps.

— Tu ne m'insultes pas comme ça. Connard. J'accepte tes excuses pour l'erreur précédente, mais là tu vas trop loin. Tu es grossier. Qu'est-ce que... ?

Elle sortit le papier provenant de la fenêtre et montra la ligne « approche en loup ».

— Qu'est-ce que ça veut dire ?

Elle recula et croisa les bras en attendant sa réponse.

Confusion. Confusion complète et totale.

Robyn se tourna vers l'agité alors qu'il se levait, et elle capta la dernière chose qu'il dit... en utilisant la langue des signes ?

Elle hocha la tête, faisant pédaler ses mains devant elle tout en prononçant « langue des signes ».

Le plus grand des deux hommes s'assura qu'elle le surveillait avant qu'il parle.

— Je suis désolé, je ne comprends pas la langue des signes. Je pense que je t'ai énervée, et je n'en avais pas l'intention. Y a-t-il un moyen de parler ?

Toute la fanfaronnade fila comme du sable à travers un tamis. Typique. Elle était venue pour fuir la fatigue de communiquer avec les gens, et à la place, elle allait devoir utiliser de l'énergie supplémentaire.

Eh bien, peut-être qu'ils mangeraient quelques morceaux de son gâteau au fromage et lui économiseraient les calories.

Elle leva un doigt — un signal qu'elle avait vu de nombreux entendants utiliser pour demander une minute. De retour à la porte, elle nettoya ses bottes avant de retourner vers son sac à dos pour ranger son équipement et se coiffer.

Elle se tourna pour prendre un verre et trouva l'homme contre qui elle avait crié juste derrière elle, un verre à la main.

— Tu veux un peu d'eau ?

Il le tendait vers elle.

Robyn posa ses doigts sur sa bouche puis ouvrit la main vers lui avant d'accepter le verre. Elle le vida d'un trait, souriant face à sa drôle d'expression, et rendit le verre.

Il avait fait chaud dans le sauna. Elle n'allait pas jouer la distinguée et siroter alors qu'elle avait soif.

Il sourit en retour. Des yeux marron foncé, si sombres qu'ils étaient presque noirs, brillèrent vers elle.

— En voudrais-tu un peu plus ?

Elle hocha la tête et fit un mouvement circulaire sur sa poitrine avec sa main.

— C'était « s'il vous plaît » ? demanda-t-il.

Robyn lui adressa un sourire gêné. Elle hocha la tête et s'installa à table.

Il y avait quelque chose de fascinant chez cet homme. Elle le regarda pendant qu'il allait lui chercher un peu plus d'eau.

Robyn avait placé des seaux remplis de neige ici dans le chalet avant son sauna, et les hommes connaissaient la routine. Ils avaient mis l'un des seaux sur le côté du placard pour l'eau fraîche, et l'autre mijotait sur le poêle pour faire fondre la neige et garder l'air humide.

Il était impossible de détourner le regard des muscles souples de l'homme alors qu'il ajoutait plus de neige dans le seau chaud. Il était grand. L'un des hommes les plus grands qu'elle ait jamais vus, et peut-être que se précipiter dans le chalet et lui crier dessus n'avait pas été la chose la plus intelligente à faire.

Ses cheveux bruns foncés tombaient en une tresse jusqu'à ses hanches. Ses larges épaules étaient recouvertes d'un T-shirt sombre et un tatouage tribal était enroulé autour de son bras gauche au niveau des biceps. Elle fut tentée de s'approcher et de l'examiner, mais il revint avec son verre plein, et elle essaya de cacher le fait qu'elle l'avait regardé en reportant plutôt son attention sur la table.

Elle repéra le bloc-notes et le crayon qu'elle avait laissés de côté plus tôt. Elle tapota le carnet et lui fit signe de s'asseoir à côté d'elle.

Tu parles et j'écris. Tu dois t'assurer que je vois ton visage.

— Je suis Keil, et c'est mon frère, TJ.

Robyn Maxwell de Whitehorse.

— Je suis désolé que nous t'ayons fait peur...

Elle l'interrompit en agitant une main en l'air et en écrivant. *C'était un accident. Je ne t'entendais pas et je ne faisais pas attention. Dis à TJ que je suis désolée d'avoir pointé mon couteau sur lui.*

Keil se tourna pour faire face à son frère, et un instant plus tard, TJ s'installa sur la chaise en face d'elle et lui tendit la main.

— Enchanté de vous rencontrer, Robyn, dit-il en exagérant ses mots.

Oh, bon sang. TJ était un idiot.

Elle lui lança un regard noir puis lui serra la main assez fort pour le faire reculer de surprise. Elle attrapa le bloc-notes.

Je suis sourde, pas stupide. Ne me parle pas bizarrement.

Elle retourna le bloc-notes pour le laisser lire pendant qu'elle prenait un autre verre.

C'était beaucoup plus facile d'apprendre à connaître les gens quand Tad était là, car elle pouvait lui parler et il transmettait les messages. Cela finissait par sembler naturel et pas comme ce processus ridiculement lent.

Elle soupira et attrapa le bloc-notes.

Keil posa une main douce sur son bras, et une sensation curieuse la parcourut.

La chaleur glissa de sa main à son bras, le chatouillant, le picotant. Elle vérifia — c'était sa main, mais la chaleur irradiait toujours, de petits coups d'électricité remontant le long de son bras et faisant se dresser les poils de sa nuque.

Il lui donna une légère pression pour attirer son attention, et elle jeta un coup d'œil à son visage.

— Quelle meute ?

Elle recula confuse et haussa les épaules.

— Tu as dit que tu habitais à Whitehorse. Es-tu de la meute de Takhini ou de Miles Canyon ?

Les voilà repartis. De quoi parlait-il ?

C'était dommage qu'il ait l'air d'être un peu fou parce

qu'il était la chose la plus sexy sur deux jambes qu'elle avait jamais vue. Elle espérait qu'il était fou de plaisir et qu'il ne tuait pas des gens au milieu de la nuit.

Il ne lui fallut qu'un instant pour rédiger une courte note. Elle lança le bloc-notes vers lui, se leva de la table et enfila son manteau.

Robyn jeta un dernier coup d'œil rapide dans sa direction avant de sortir prendre une bouffée d'air. Oui, il était canon. Complètement barré, mais très agréable pour les yeux. Il sentait bon aussi.

Elle ignora l'étrange sensation de palpitation dans ses membres et se força à sortir.

Alors que la porte se refermait derrière elle, Keil rapprocha le bloc-notes et le lut à haute voix à TJ :

« *Takhini est une source chaude. Miles Canyon est l'endroit où je fais du canoë. Je transporte mon équipement dans un sac. Je ne sais pas de quoi vous parlez. Je me prépare à aller au lit. Le sauna a du charbon si vous le souhaitez. Je vous parlerai demain. Bonne nuit.* »

— Tu penses qu'elle ne sait pas qu'elle est un loup-garou ? demanda TJ.

— Pourquoi ferait-elle semblant ? Je ne comprends pas. C'est une louve pur-sang d'après ce que je sens.

— Moi aussi.

Keil tapota des doigts sur la table. Non seulement elle sentait le loup, mais une autre odeur s'échappait d'elle, qui chatouillait l'arrière de son crâne et allait directement à sa bite.

L'odeur de sa compagne. La piste chimique qui appelait sa louve au sien et ferait d'eux des compagnons pour la vie.

Il était à peu près sûr qu'elle l'était, mais tant qu'il n'aurait pas eu un avant-goût d'elle quand elle était excitée, il ne pourrait pas en être tout à fait sûr.

Bien sûr, au rythme où ils allaient, ce serait l'été avant qu'il réussisse à le découvrir.

Avec des vêtements propres, les frères se dirigèrent vers le sauna.

À peine dix secondes après avoir fermé la porte, Keil pensa que le sauna était une mauvaise idée. Son parfum, doux et épicé, flottait lourdement dans l'air remplissant sa tête de pensées qu'il était préférable de ne pas garder en tête alors qu'il était assis nu dans un petit espace avec quelqu'un qui n'était pas elle.

— Tu sais, elle sent bon.

Keil grogna à TJ :

— Tais-toi, le chiot.

Son frère haussa les épaules.

— Elle sent bon comme « Hé, Robyn, peux-tu m'aider avec ça ? » et non « Hé, bébé, peux-tu m'aider ? Clin d'œil, clin d'œil, coup de coude, coup de coude. » Tu vois ce que je veux dire ?

— S'il te plaît, épargne-moi les imitations Monty Python.

TJ jeta de la neige sur son frère.

— J'essaie de te dire quelque chose de grave et tu m'accuses d'imiter MP ? Je suis vexé. Dans une discussion sérieuse, j'imite les personnalités politiques.

Keil s'allongea sur le banc et tenta d'ignorer son jeune frère. TJ était le plus irritant, le plus ennuyeux… et l'une des personnes les plus observatrices qu'il connaissait.

S'appuyant sur un coude, il ouvrit les yeux et jura.

— D'accord. Explique-toi. Qu'essaies-tu de me dire ?

Utilise des petits mots. Il est tard et ça a été une sacrée journée.

TJ se laissa tomber sur le banc inférieur et attrapa la bordure de cèdre devant lui.

— Elle sent bon comme si je voulais lui faire confiance et prendre soin d'elle, et je sais qu'elle prendra soin de moi. Elle t'affecte différemment, de toute évidence.

— Oh. Et comment ?

TJ renifla.

— Tu as la trique juste à cause de son odeur, mon frère. Tu craques pour elle. Je parie qu'elle est ta compagne parce que tu ne l'as pas encore reniflée correctement. Je savais que tu étais prêt à être Alpha !

Keil laissa retomber sa tête sur le banc dur. Les sursauts de logique de TJ étaient exagérés. C'était incroyable qu'il puisse déduire de l'érection monstrueuse de Keil qu'il devait devenir un Alpha.

— Assez. On peut laisser tomber ça pour ce soir ? Le problème sera toujours là dans la matinée.

Le rire de TJ était long et fort, et finalement Keil se joignit à lui.

— D'accord, mauvais choix de mots. Ne le répète pas.

Un autre hurlement s'éleva de son frère, et Keil abandonna. Il attrapa le seau d'eau fraîche et le versa sur lui.

Les mauvaises pensées se mêlèrent. Il souleva l'autre seau.

— Tu veux un rinçage ?

Lorsque TJ hocha la tête. Keil sourit puis versa le contenu du seau à moitié rempli de neige sur la tête de son frère.

L'eau glacée coulait et le cri de TJ résonnait dans le petit espace.

Keil était maintenant prêt à se coucher.

3

———————

eil se tourna pour la millionième fois. C'était impossible.

Il avait dormi dans une grotte, entouré de membres de la meute trempés et puants lorsqu'ils avaient été pris dans une tempête. Il avait dormi dans une chambre d'hôtel avec sept copains lors d'un voyage en voiture, tous ronflant assez fort pour faire trembler les murs. Les deux fois, il avait dormi plus que cette nuit-là.

Tout cela à cause du petit corps féminin au bout de la plateforme.

Il cessa de faire semblant et se redressa pour mieux l'admirer. Le clair de lune qui se déversait par la fenêtre montrait des parties d'elle, et sa vision nocturne arrangeait le reste des détails. Elle était recroquevillée, une jambe relevée, sa tête reposant sur un oreiller confectionné à partir de ses vêtements de rechange. Elle n'était pas dans le sac de couchage, mais en dessous, son corps allongé sur une petite couverture douce.

Il faisait assez chaud dans le chalet, elle avait repoussé la plupart de ses couvertures et son regard glissa sur elle. Il aurait aimé pouvoir la toucher. Son teint était plus pâle que le sien, ses cheveux bruns s'échappant de la queue de cheval qu'elle s'était faite avant de ramper dans son lit. Keil la dévisagea, mémorisant la rondeur de sa joue, la fossette à peine visible au bord de sa bouche. Ses yeux fermés avaient des cils infiniment longs.

Il se lécha les lèvres. La regarder lui mit l'eau à la bouche. Il fut tenté de la prendre dans ses bras, de la blottir contre son corps et...

Merde. Il était de nouveau dur.

Comment pouvait-elle ne pas savoir qu'elle appartenait à une meute ? En tant que loup de sang pur, elle avait la capacité de passer de la forme humaine à celle de loup dès l'adolescence. Alors que les gènes du loup-garou étaient en sommeil chez la plupart des métis, les loups de sang pur avaient presque toujours leurs gènes dès le plus jeune âge.

Robyn était sourde, c'était inhabituel, mais pas un gros problème. Il pourrait apprendre à signer, s'il le fallait. Quand elle serait sous forme de loup, ils n'auraient aucun problème à communiquer puisque le langage du loup était à quatre-vingt-dix pour cent une langue des signes. En tant que compagnons, ils devraient de toute façon pouvoir se parler dans l'esprit de l'autre.

Et s'il allait défier l'Alpha, il y avait une chance encore plus grande qu'il puisse entendre ses pensées. L'un des avantages de diriger une meute c'était d'avoir un lien mental fort avec chaque membre. Ajoutez cela au lien de compagnon, et tout irait bien.

Son esprit glissa vers ses problèmes alors que son regard continuait à la caresser. L'Alpha et la Beta actuels devenaient trop vieux pour être de vrais leaders. La meute Granite était grande et plus transitoire que la plupart avec l'afflux constant de nouveaux arrivants du Lower 48.

Chaque fois qu'un loup avait envie de se connecter avec son soi intérieur, il semblait se diriger vers le nord, pensant que la nature sauvage de l'Alaska l'aiderait à se retrouver. Tout ce qu'ils avaient trouvé, c'était que la vie exigeait un dur labeur, peu importe où vous habitiez. Il n'y avait pas de trajet facile, nulle part, et encore moins ici dans le Nord.

Keil avait commencé à s'inquiéter alors que de plus en plus de leurs traditions s'effondraient. Ce n'était pas qu'il n'aimait pas le progrès, mais certaines traditions étaient bonnes pour la meute. Les nouveaux arrivants apportaient des bagages avec eux, et une grande partie de ce qu'ils exigeaient de la meute pour les garder à l'aise allait à l'encontre de tout ce que la meute Granite représentait.

Il était temps de changer ça. Lorsque les anciens dirigeants avaient annoncé qu'ils se retireraient et laisseraient quelqu'un de plus jeune prendre le relais, Keil sut que c'était sa chance. Il devrait ralentir son activité de guide, mais avoir une meute solide en valait la peine.

Il n'était pas le seul loup à avoir le potentiel de remporter le défi. Alors qu'un autre des nouveaux arrivants était son égal en force, la vision de Jack pour l'avenir de la meute allait encore plus loin sur la route de l'enfer que celle sur laquelle ils se trouvaient actuellement.

Keil grogna et roula sur le dos. Trouver sa compagne maintenant allait rendre les choses difficiles, c'était le moins qu'on puisse dire. Était-il triste de l'avoir trouvée ? Sûrement pas. Certains loups avaient passé toute leur vie sans découvrir leur compagne. Il avait donc quelques problèmes à résoudre.

Avant le week-end prochain. Pas de précipitation.

Un léger bruit le fit se retourner. Robyn était réveillée. Elle était en appui sur son coude, frottant sa main sur le côté de son visage et de son oreille comme si elle avait mal. Il se précipita en s'efforçant de ne pas l'effrayer — s'assurant qu'elle le voyait approcher.

Il mima les mots avec ses lèvres pour éviter de réveiller TJ.

— Est-ce que ça va ?

Les larmes lui montèrent aux yeux. Elle secoua la tête. Avec peu d'effort, il la souleva, l'attirant dans ses bras. Il finit par passer sa main sur le côté de sa tête pendant qu'il la berçait doucement d'avant en arrière. Elle était tendue, mais finit par se détendre, et son cœur bondit.

Keil n'était pas sûr de ce qui se passait, mais il se sentait trop bien avec elle pressée contre lui, pour y réfléchir. Ses doigts continuèrent à lisser ses cheveux et sa joue, la sensation de son corps était aussi fabuleuse que naturelle. Sa peau était douce sous ses doigts, la chaleur de sa poitrine s'enroulant autour de lui comme une couverture.

Et quand Robyn tourna la tête dans sa main et lui caressa la joue contre sa paume, il crut que son cœur allait éclater. Il ne put résister. Prenant toujours son visage entre ses mains, il abaissa ses lèvres vers les siennes, les effleurant doucement pour sentir la friction.

C'était comme si une décharge électrique la traversait. Robyn s'était réveillée au bourdonnement douloureux dans son oreille qui s'était produit sporadiquement au fil des ans. Cela ne se produisait que lorsqu'elle campait avec des inconnus, et elle avait appris à y faire face en frottant fort sur le point mou sous son oreille. Aujourd'hui, au toucher doux de Keil, la douleur diminua et une chaleur merveilleuse qu'elle n'avait encore jamais connue prit place dans tout son corps.

Alors que ses lèvres touchaient les siennes, quelque chose explosa en elle, et elle ne pensa plus qu'à le sentir partout.

Oh, Seigneur, elle voulait être nue avec lui. Ce n'était vraiment, vraiment pas elle.

Elle avait atteint l'âge de vingt-six ans en ayant une expérience sexuelle limitée. Que ce soit parce que son frère était surprotecteur, ou parce que sa surdité avait fait fuir les occasions potentielles, elle ne s'en était jamais trop inquiétée. Ce n'était pas comme si elle était totalement ignorante — les romans d'amour offraient une excellente éducation, et elle savait comment atteindre l'orgasme, mais elle n'avait jamais eu le désir d'essayer grand-chose avec qui que ce soit.

Ses amis disaient qu'elle se réservait pour l'« homme idéal ».

Ses parents lui avaient dit qu'elle le saurait quand ce serait le bon.

Après toutes ces années, elle s'était dit que le bon moment était passé et qu'elle ne rencontrerait pas la bonne personne.

Jusqu'à maintenant.

Cet inconnu lui mettait l'eau à la bouche, et elle ne l'avait pas encore vraiment goûté. Elle entrouvrit les lèvres pour voir ce qu'il ferait, et sa langue avide se glissa à l'intérieur pour suivre le bord de ses dents.

Merde, il avait un bon goût.

Une soudaine montée d'odeur lui remplit la tête et la fit tourner. Des picotements parcoururent le long de son corps avant d'atterrir entre ses jambes. Elle passa la main entre elles, mais il n'y avait rien d'autre qu'une forte pression interne qui lui donnait envie de se trémousser.

La main de Keil glissa sur sa nuque, la rapprochant sous

un angle différent alors qu'il continuait à l'embrasser. Elle se pressa contre lui, appréciant les sensations qui la traversaient.

Pourtant, alors même qu'elle lui rendait son baiser, elle se demandait ce qu'elle faisait. Pourquoi elle ne mettait pas son couteau sur lui et ne le faisait pas reculer ?

Il la souleva pour l'allonger sur lui, sa langue exerçait sa magie. Son cœur battait sous ses mains. Son corps se réchauffait contre son torse et ses membres.

Et elle comprit que quelque chose d'autre de dur et long était niché entre ses jambes.

Elle mit ses mains sur son torse dur pour fixer ses yeux marron foncé, sans savoir que faire. Elle se sentait en sécurité, et cela devait être la chose la plus folle qu'elle ait faite dans sa vie.

— Tu te sens mieux ? articula Keil en passant un doigt sur l'oreille qu'elle serrait quelques instants plus tôt.

Robyn hocha la tête.

— Allons dormir un peu plus. On en parlera demain matin, d'accord ?

Elle hocha de nouveau la tête, se penchant pour lui donner un autre baiser doux avant de s'écarter de son corps pour reprendre son espace de sommeil. Toute inquiétude concernant sa réaction étrange envers lui fut balayée par le soulagement rapide de son mal d'oreille.

Elle venait juste de redresser la couverture du bas quand un toucher doux sur son bras la fit s'arrêter.

Les yeux de Keil étaient envoûtants alors qu'il la contemplait, avant de parler.

— S'il te plaît, puis-je te tenir ?

Robyn déglutit difficilement. Oh, voulait-elle qu'il la tienne dans ses bras ? Elle opina du chef avant de baisser le menton pour éviter son regard.

Il rapprocha son matelas, tirant son sac de couchage sous eux avant d'enrouler un bras autour de sa taille et de l'attirer contre son corps chaud et solide. Il rabattit son sac de couchage sur eux deux, nicha sa tête sur son bras, et enroula ses jambes autour des siennes.

C'était le sentiment le plus incroyable, sûr et sécurisant qu'elle ait jamais ressenti.

C'était fou. Elle ne connaissait cet homme ni d'Eve ni d'Adam, et elle était là, serrée contre lui.

Ses doigts se joignirent aux siens et il posa leurs mains jointes contre son ventre.

Oui, complètement dingue.

Elle ferma les yeux et s'endormit.

Le tintamarre des casseroles et des poêles réveilla Keil le matin, et il soupira.

Il y avait des moments où être sourd était une bénédiction. Ou du moins, cela lui permettrait sans doute d'arrêter de vouloir tuer son frère.

Enveloppé dans la chaleur de Robyn, il n'était pas encore prêt à sortir du lit.

Ils avaient bougé pendant leur sommeil. Il était à plat sur le dos, la tête de Robyn appuyée sur sa poitrine. Ses mains le serraient fermement et une de ses jambes avait glissé sur son ventre, l'intérieur de sa cuisse pressant son érection matinale.

C'était le paradis et l'enfer de sentir son poids contre lui.

— Donc, je suppose que vous avez passé une soirée intéressante. Bon, apparemment, je dors comme un loir.

Le visage souriant de TJ les regarda, son regard s'arrêtant sur Robyn qui s'accrochait à Keil.

— Tu veux que je fasse du café ou tu veux que j'aille skier quelques heures ?

— Arrête de la regarder. Il ne s'est rien passé. Oui, fais du café et arrête d'être une telle merde.

Keil essaya de parler doucement, mais elle se réveilla, réagissant au mouvement de sa poitrine.

— TJ, va faire le petit déjeuner. Je ne veux pas qu'elle soit gênée.

— De quoi as-tu honte ? Elle est ta compagne. Vous pourriez faire le bop horizontal devant la meute que personne ne serait gêné. Sauf Keith. Il serait gêné parce qu'il pense qu'il a la plus grosse queue de la meute, et si tu...

La voix de TJ s'estompa. Il fouillait dans leurs provisions à la recherche du café.

Keil fit une prière pour que Robyn ne panique pas lorsqu'elle se retrouverait dans ses bras. Il ne voulait pas freiner leur relation. Il sentit qu'aujourd'hui allait être un grand jour. Une journée de grandes révélations. Un jour de...

— Ahhh.

Il pinça les lèvres et lui attrapa le poignet. Elle avait enlevé sa jambe de sa queue quand elle s'était réveillée. C'était triste, mais compréhensible. Cependant, elle avait glissé ses doigts sur sa longueur rigide et avait fini par prendre ses bourses dans sa main.

— Tu vas bien, frère ?

TJ revint avec une expression inquiète.

— Ça va. Hum, crampe à la jambe. Fais le café.

— Oui maître. Tout de suite, maître.

Keil baissa les yeux sur Robyn qui lui rendit son sourire,

une lueur malicieuse dans ses yeux qu'il n'avait pas remarquée la veille.

Elle articula les mots « crampe dans la jambe » et serra. Son visage était rouge, mais elle souriait toujours, et quand elle se pencha pour l'embrasser, il pensa qu'il avait dû mourir et aller au paradis.

Quoi qu'il se passe, s'il vous plaît, ne le laissez pas s'arrêter.

Malheureusement, après avoir effleuré ses lèvres des siennes, elle se redressa, faisant virevolter ses doigts sur son torse d'une manière exaspérante avant de se glisser du sac de couchage pour aller s'habiller dans son coin.

Se forçant à l'ignorer, Keil regarda TJ sortir trois tasses et mettre un grand plat de tranches de jambon sur la table.

Une Robyn vêtue revint dans son champ de vision et son frère l'arrêta.

— Bonjour. Hé, comment dit-on ça en langue des signes ?

Elle s'arrêta. Elle leva un pouce vers le haut puis, plaça sa main gauche près de son coude droit, et elle leva sa main droite en arc de cercle.

TJ l'imita.

— Oh, cool, comme le soleil levant. Hé, Keil, regarde.

TJ lui dit bonjour.

Un petit rire de sa part les fit tous les deux se retourner et la regarder avec étonnement.

— Tu peux rire ? demanda TJ.

Son sourire disparut et Keil jura intérieurement.

Elle écrivit une note rapide puis disparut par la porte.

Il vérifia pour s'assurer qu'elle se dirigeait juste vers les toilettes avant de lire le message.

Je suis sourde, pas muette. J'ai perdu l'audition quand

j'étais enfant. Virus. J'ai une voix laide. Deux sucres, s'il vous plaît.

TJ siffla doucement.

— Mec, oh mec, elle ne va pas être de tout repos. Je suis content qu'elle soit ta compagne et pas la mienne. Avez-vous baisé tous les deux... ?

Keil le frappa.

Pas assez fort pour faire des dégâts permanents, mais assez pour que les yeux de TJ enregistrent le choc.

Après s'être relevé du sol, son frère exposa son cou, faisant toutes les choses attendues compte tenu de leur position dans la hiérarchie de la meute.

— Tu utiliseras ton cerveau pour te rappeler d'être poli lorsque tu parles *à* et *de* ma compagne. Compris ?

Keil fit traîner les mots en versant le café et en préparant la tasse de Robyn.

— Même si ce ne sont pas tes affaires, si tu réfléchissais bien, tu connaîtrais déjà la réponse. Utilise ton nez. Non, nous ne nous sommes pas encore accouplés. Pourtant, pour une raison insensée, elle m'a laissé l'embrasser et la tenir dans mes bras, et bien que je sois heureux d'annoncer que oui, elle est officiellement ma compagne, je n'ai aucune idée de la raison qui fait qu'elle ne semble rien savoir des loups.

Il se laissa tomber lourdement sur une chaise près de la table.

— C'est si étrange.

TJ le rejoignit, sa posture de soumission terminée.

— Je ne veux pas que tu fasses des remarques stupides jusqu'à ce que nous ayons compris cela. Vu ?

TJ haussa les épaules.

— Je vais bien me comporter. Je pense que ça peut paraître étrange d'entendre quelque chose comme « Hé, pourquoi ne savais-tu pas que tu étais un loup-garou et, au fait, tu es ma compagne. Oh, et il va y avoir un défi à mort le week-end prochain pour la direction de notre meute et je suis l'une des têtes d'affiche du match. » C'est bizarre, mais... je pense que tout dire d'entrée de jeu pourrait être le moyen le plus simple.

Il se retourna et retourna le jambon par la même occasion.

— Il n'y a nulle part où elle peut courir pendant que nous sommes ici. Cela te donne le temps de travailler la question.

Pour la deuxième fois en peu de temps, la porte derrière eux s'ouvrit violemment et Robyn chargea, le visage rouge et les yeux flamboyants.

Elle lança un regard furieux vers eux deux, ses narines s'évasant légèrement.

Sans savoir qu'elle était une louve, elle avait le truc du mauvais œil, pensa Keil alors qu'un frisson parcourait sa colonne vertébrale. TJ eut du mal à garder les pieds sur terre.

Elle le surprit en parlant. Sa voix était graveleuse et dure, mais très puissante. Keil avait entendu quelques Alphas au fil des ans, et elle se classait parmi les meilleurs d'entre eux.

— Qui est mon compagnon ?

En un éclair, TJ montra Keil avant de jurer et de taper du pied comme un enfant déçu.

— Oh, merde, a-t-elle eu mon numéro ? J'espère qu'elle ne va pas me dire d'aller sauter d'un pont ou quelque chose comme ça parce que je...

Robyn se précipita et attrapa le bloc-notes.

Keil lisait par-dessus son épaule pendant qu'elle écrivait.

Si vous ne voulez pas être entendus, ne parlez pas quand un lecteur labial peut vous voir.

Loup-garou ?

Compagne.

Défi. À la mort.

Mais de quoi parlez-vous ?

Elle s'écarta de la table, s'arrêtant pour ajouter : *où est mon café ? Il vaudrait mieux qu'il soit fort.*

4

———

Cela prit trois heures, deux blocs de papier et quatorze sandwiches au jambon et aux œufs frits.

Keil pensait que dans l'ensemble, cela s'était plutôt bien passé, d'autant plus qu'il avait réussi à ne pas écorcher vivant TJ pendant l'interrogatoire.

Robyn se tenait raide et en colère au début, prête à jeter sa tasse de café s'ils faisaient un faux mouvement.

— Viens, assieds-toi et nous t'expliquerons tout.

Il tira une chaise pour elle, et elle s'assit prudemment, se déplaçant pour les garder tous les deux en vue.

— Désolé, mon frère, je suppose que ma bouche nous a causé des ennuis à tous les deux cette fois.

TJ toucha légèrement le bras de Keil pour s'excuser.

Un grondement soudain venu des planches les fit tous les deux se tourner pour la regarder alors qu'elle tapait du pied et lançait un regard méchant.

Elle montra les chaises et écrivit rapidement, brisant la mine de crayon alors qu'elle soulignait son dernier mot.

Je vais en parler avec vous. Asseyez-vous et ne parlez plus quand je ne peux pas vous voir. Cons.

Keil tendit une main rassurante et s'assit, faisant signe à TJ de les rejoindre.

— Je comprends. Nous répondrons à tes questions. Que veux-tu savoir ?

Robyn trouva un autre crayon et ouvrit une nouvelle page.

Ne pense pas que parce que je suis devenue un peu folle la nuit dernière et que parce que je te laisse me toucher, tu peux me blouser ce matin. Tu es fou, non ? Échappé d'un asile ?

— Non, c'est vrai. Nous sommes capables de nous transformer en loups.

Prouve-le. Elle s'adossa à sa chaise et les regarda d'un air moqueur.

Les deux hommes échangèrent des regards.

Alors ? Vous avez besoin d'une pleine lune ?

Les deux hommes mirent leur tête dans leurs mains pendant un moment. Putain de contes de fées ! Finalement, Keil leva les yeux pour voir son expression très confuse.

— Non. Les loups matures n'ont pas besoin d'une pleine lune. Nous ne mordons pas non plus les gens pour les transformer en loup-garou. Soit tu as les gènes, soit tu n'en as pas. Désolé, c'est l'une de ces légendes qui nous rend fous. Nous devons, euh... nous déshabiller pour nous changer.

Keil observa le visage de Robyn. Ses joues rougirent et ses yeux s'éclairèrent de la malice qu'il avait vue plus tôt dans la matinée.

Bon, peut-être que cela ne ferait pas trop de dégâts à gérer.

Elle fit tourner le bloc sur la table. *Un strip-tease privé ? Bon sang ! Même si vous ne vous transformez en rien, la matinée n'est pas complètement nulle.*

Keil éclata de rire et se tourna vers TJ.

Son frère sut immédiatement à quoi s'attendait Keil, mais TJ protesta.

— C'est toi qui devrais te déshabiller. Elle va te voir nu le plus souvent.

Keil lança un regard noir à son frère.

— Quoi ? Tu m'en veux toujours pour cette gaffe ? Mec, je pense vraiment que tu devrais changer. Cela vous ferait du bien de m'emmener dans votre retraite au lieu de me laisser aller traîner chez Klondyke Kate avec le reste de la meute.

— TJ ! gronda-t-il.

— Très bien, ne noue pas ta fourrure. Je vais me changer, mais tu gardes un œil sur elle. Si elle signe quelque chose qui ressemble à un « chien mignon » ou à une « peluche douce et moelleuse », je veux lui apprendre à insulter les garçons lors de la prochaine réunion de meute.

Robyn haussa un sourcil.

— Arrête avec l'air de Spock, ça me fait vraiment flipper. Je m'attends toujours à te voir pousser des oreilles pointues et à t'entendre annoncer : « Mais ce n'est pas logique ».

Il agita ses sourcils en la regardant, et elle rougit plus fort.

— Vas-y avant que j'applique la poigne de la mort Vulcaine, petit frère.

Keil parlait en serrant les dents.

Deux images se chevauchèrent, une autre miroita et il y eut un grand loup gris argenté accroupi devant eux.

Robyn se tendit puis se leva de sa chaise, les yeux écarquillés d'émerveillement. Elle resta debout en réfléchissant, sa respiration rapide, le visage toujours rouge.

Il était prêt à lui prendre le bras pour la rassurer quand

elle tomba à genoux et tendit la main au ralenti pour brosser la fourrure sur la tête et le cou de TJ.

Après quelques coups de main, TJ se retourna sur le dos et inclina son cou vers le haut.

Une vague de plaisir parcourut les veines de Keil à cette vue. Son frère, même s'il n'était pas toujours le couteau le plus tranchant du tiroir, était un loup physiquement fort. TJ ne rendait pas hommage à n'importe qui. Un autre indicateur que la femme agenouillée aux pieds de Keil allait être un atout puissant dans sa vie.

TJ recula et Robyn fut surprise en train de caresser son torse nu.

— Mince ! cria-t-elle et s'éloigna de TJ, reculant vers la porte.

— Oups désolé. Te me chatouillais. Bon sang, je suis content que tu n'aies pas dit « merde » ou un autre juron. Avec la force de ta voix, j'aurais été dans un sacré bordel, marmonna doucement TJ en enfilant ses vêtements.

Elle ferma les yeux un instant et inspira en tremblant. Bon sang, TJ pouvait-il faire quelque chose sans tout foutre en l'air ?

Keil remplit sa tasse de café et attendit qu'elle ouvre les yeux avant de tapoter le siège à côté de lui pour qu'elle s'installe plus près.

Il voulait tapoter ses genoux et l'attirer comme la nuit dernière. En fait, il voulait la déshabiller et la prendre, mais cela allait exiger un peu plus de temps et de patience de sa part.

Il détestait être patient.

~

Sa tête tournait, son cœur battait un million de fois par minute et quelque part, elle dut tomber dans un terrier de lapin.

Tad n'allait jamais le croire. Elle avait du mal à y croire et elle avait vu TJ changer. Elle avait touché sa forme de loup. Ce n'était pas une illusion.

À moins qu'il n'y ait eu quelque chose dans son café. Elle renifla prudemment. Ça sentait comme une infusion normale de Midnight Sun. Elle leva les yeux pour voir Keil la regarder, ses magnifiques yeux sombres et dangereux. Un frisson parcourut sa colonne vertébrale et la chaleur s'enflamma dans son ventre.

Merde, il était puissant.

Elle attrapa le bloc-notes et s'assit pendant un moment en réfléchissant à ce qu'elle devait écrire. Elle tourna son visage vers le haut, tapota le crayon à quelques reprises tout en se mordant la lèvre. Finalement, elle opta pour l'honnêteté.

Bon. Je l'admets. C'était plutôt cool.

Keil sourit et elle fondit un peu plus. Entre son sourire et l'expression de ses yeux, l'humidité s'accumulait dans sa bouche. Et plus au sud.

Elle but une gorgée de son café et détourna les yeux des siens.

Alors qu'est-ce qui te fait penser que je suis un loup ? Je ne suis jamais devenue autre chose.

— Tu sens le loup.

TJ se pencha en avant sur sa chaise et renifla dans sa direction.

— Oui. Je ne peux pas mieux l'expliquer que ça. Je ne peux pas te faire renifler un humain et ensuite renifler un loup parce que nous sommes tous des loups ici. Quand nous retournerons à la civilisation, nous pourrons te montrer. Eh bien, même là, il est difficile d'expliquer à quelqu'un que tu dois le renifler, mais tu ne peux pas dire pourquoi. Fais-nous confiance. Tu es un loup.

Keil acquiesça et Robyn bougea sur sa chaise pour regarder par la fenêtre. Un raz-de-marée d'émotions l'envahit. La capacité de se transformer en loup. Qui ne voudrait pas pouvoir faire ça ? C'était l'étoffe des contes de fées !

Cela faisait également appel à quelque chose au fond d'elle qui était enfermé, piégé depuis de nombreuses années. Elle aimait son travail à la boulangerie et elle aimait son frère, mais elle n'était pas complètement heureuse à moins d'être quelque part dans la nature — à skier, faire de la randonnée ou du canoë.

C'était peut-être la raison.

Elle poussa le bloc-notes vers TJ. *Comment se fait-il que je ne sois jamais devenue poilue ?*

TJ fronça le nez et réfléchit une minute.

— Keil ? Des idées ?

Keil lui caressa distraitement le bras pendant qu'il réfléchissait, et elle retint un gémissement. Oh, mon dieu, ça faisait du bien. Sa peau la démangeait d'être touchée, et autant elle avait besoin de trouver des réponses, elle avait aussi besoin de sauter davantage sur Keil. L'attirance qui avait commencé la nuit dernière, lui faisant perdre la tête et les sens, et dormir dans les bras de cet homme, semblait grandir.

Se concentrer. Elle avait besoin de se concentrer sur l'idée géniale qu'elle pourrait réellement se transformer en loup.

— D'accord, une petite information de fond, déclara Keil.

— Les loups de sang pur comme nous sont nés avec les

gènes pour pouvoir se déplacer, mais ils sont désactivés chez les nouveau-nés jusqu'à ce qu'ils soient déclenchés. Un peu comme s'ils dormaient. Pour une raison quelconque, tes gènes n'ont pas dû être activés.

Un déclencheur ?

Keil hocha la tête.

— Oui. C'est une hormone, et les nouveau-nés la tirent du lait de leur mère.

L'estomac de Robyn dégringola. Il fit plus que tomber, il bondit du bord du mont Logan et plongea dans les profondeurs de la crevasse la plus proche.

La possibilité qu'elle soit un être magique l'avait excitée. Voir TJ changer avait réveillé quelque chose en elle, de la joie et de la liberté, et un bonheur profond qui lui avait manqué toute sa vie.

Maintenant, il était hors de sa portée et il n'y avait rien qu'elle puisse faire pour le récupérer.

Elle s'écarta de la table et attrapa son manteau. Keil se leva, mais elle ignora sa main, ravalant ses larmes alors qu'elle se précipitait dehors.

Merde, ce n'était pas juste !

Elle réussit à finir de mettre son manteau avant que les larmes ne coulent. Elle regardait le lac, les bras étroitement enroulés autour d'elle tandis que ses yeux s'emplissaient et débordaient. Le soleil éclatant ne fit rien pour atténuer l'obscurité de la perte. Quelque chose qu'elle n'avait pas réalisé tant vouloir.

Même en pleurant comme un bébé, Robyn le sentit approcher. Des bras doux l'enveloppèrent. Il la tint juste assez pour qu'elle puisse s'échapper de son étreinte si elle le voulait, mais suffisamment près pour qu'elle ressente son inquiétude.

Un autre sanglot s'échappa, et Keil la retourna, pour la consoler comme si elle était une enfant.

Elle enroula ses bras autour de son cou, enfouit son visage dans son manteau et laissa la misère se déverser.

Son cœur lui faisait mal.

Lentement, sentant sa force, sentant le réconfort qu'il offrait, la douleur s'estompa. Il passa une main dans ses cheveux, et elle se souvint qu'il l'avait touchée comme ça la nuit dernière. Il devait penser qu'elle était une sorte de yo-yo émotionnel, chaud puis froid. Elle prit une profonde inspiration et renifla fort, se dégageant de son étreinte.

Il prit son visage entre ses mains, essuya une larme avec son pouce.

— Je ne sais pas ce qui ne va pas, mais je pense avoir deviné un peu. Est-ce qu'il est arrivé quelque chose à ta mère quand tu es née ?

Robyn hocha la tête. Elle tapota ses poches à la recherche de mouchoirs. Son sauveur lui tendit un mouchoir propre. Il lui fallut une minute pour se ressaisir. Keil ignora poliment son nez qui coulait et son visage humide jusqu'à ce qu'elle se sente présentable.

Elle lui jeta un coup d'œil alors qu'il attendait. Il observait le lac, son corps fort comme un roc. Qu'y avait-il chez cet homme qui la fascinait autant ?

Il se tourna pour voir si elle était prête, lui tendant la main. Elle saisit ses doigts chauds. Un picotement lui parcourut le bras lorsqu'il enroula ses doigts autour des siens et la ramena dans le chalet.

À l'intérieur, Keil refusa de parler. Au lieu de cela, il lui prépara une assiette et s'assit pour manger à côté d'elle.

La boule dans sa gorge se desserra, aidée par la proximité de Keil qui lui mettait l'eau à la bouche. Elle devait avaler deux fois plus vite que d'habitude.

TJ parla pendant qu'il mangeait, ce qui créa des moments de confusion, car Robyn interpréta mal à peu près tout ce qu'il dit. Elle était douée pour lire sur les lèvres, mais pas infaillible. Il lui parla de leur meute et de la façon dont ils passaient du temps ensemble sous forme humaine et sous forme de loup. À un moment donné, elle crut qu'il lui parlait de montrer ses fesses aux passants dans la rue principale de Haines, mais ce devait être le gros morceau de sandwich qu'il avait fourré dans sa bouche qui entravait sa diction.

Le petit déjeuner terminé, Robyn se sentait mieux. Être déprimée avec un estomac vide était trop.

Keil attrapa sa vaisselle et l'embrassa doucement sur la joue.

— On va laver ça, et écris. Dis-moi ce qui t'inquiète.

Ses yeux sombres restèrent sur elle jusqu'à ce qu'elle hoche la tête, puis il se détourna et se mit au travail. Lui et TJ s'amusèrent avec les torchons et les bulles de savon pendant qu'ils nettoyaient la vaisselle et rangeaient les sacs de couchage. Elle sirota son café en songeant à l'amour fraternel.

Elle se força à rapprocher le bloc-notes et à écrire. Lorsqu'elle eut terminé, elle trouva Keil la scrutant depuis l'endroit où il était assis en train d'attendre sur le bord de la plateforme de couchage. Son regard parcourut son corps, il n'essayait pas de cacher son expression de désir. Leurs yeux se rencontrèrent et le choc de la connexion la saisit.

Le truc du loup. Ça devait être quelque chose en lien avec l'attirance animale qui lui donnait envie de se rouler sur le sol avec cet homme, de préférence nue.

Elle se lécha les lèvres involontairement, et l'éclat dans ses yeux chauffa son sang jusqu'à être presque bouillant.

Merde, il était temps d'arrêter avec le café et de sortir l'eau glacée.

Keil tapota l'espace à côté de lui et tendit une main vers le bloc-notes.

— Viens ici. Assieds-toi près de moi pendant que je lis.

Elle fit un pas vers lui puis s'arrêta, jetant un coup d'œil vers TJ qui était affalé sur une chaise devant le poêle, prenant des notes dans le journal du chalet.

— Il va nous laisser parler de ça seuls, l'informa Keil.

Robyn s'assit, consciente de la sensation de sa cuisse touchant la sienne alors qu'il bougeait pour enrouler un bras autour de son torse et la blottir contre lui. Si elle levait les yeux, elle pouvait encore voir ses lèvres bouger.

En fait, ses lèvres étaient assez proches pour l'embrasser si elle se penchait un tout petit peu.

Elle détourna la tête, examinant le bloc-notes et le message qu'elle avait écrit dessus.

Ma mère et mon père chassaient le caribou le long de la route Dempster lorsqu'un accident s'est produit dans leur camp de chasse. L'arme de quelqu'un a explosé et la balle a tué mon père sur le coup et blessé ma mère, l'envoyant en état de choc. Les autres du camp ont réussi à l'amener à l'hôpital de Dawson City où je suis arrivée presque deux mois trop tôt. Quand ma mère est décédée juste après l'accouchement, j'ai été adoptée. Tout ce que j'ai de mes parents, c'est mon couteau de botte.

Je suppose que c'est pour cela que je n'ai jamais été « déclenchée ». Je ne peux pas me transformer en loup.

Si seulement je pouvais. Je parie que c'est incroyable.

Elle leva les yeux pour voir s'il avait fini de lire.

Il sourit tendrement.

— Tout se passera bien. Je vais d'abord t'expliquer quelque chose pour t'aider à comprendre.

Il arracha la feuille supérieure du bloc-notes pour libérer une page vierge. Robyn surveillait son bras pendant qu'il divisait la page en trois parties et dessinait un cercle dans chaque. Dans le cercle du haut, il écrivit « Sang pur », dans le bas, « Sang-mêlé ». Il laissa celui du milieu vide.

Il ajusta sa position jusqu'à ce qu'ils soient tous les deux à l'aise.

— Petite leçon de biologie, Robyn. Loup-garou de sang pur, maman et papa ont les gènes et transmettent le gène dormant à bébé. Le bébé déclenché par des hormones dans le lait peut se transformer en loup à la puberté.

Il baissa le bloc-notes un instant.

— Et si tu penses que les humains adolescents sont de mauvaise humeur, attends de voir un loup de quinze ans angoissé. C'est très effrayant.

Elle renifla. Il lui fit un clin d'œil puis continua.

— Sang-mêlé : un seul parent a des gènes de loup. Ils sont toujours transmis au bébé, dormants, mais pour une raison quelconque, même le lait d'une mère loup-garou ne les déclenchera pas. Les hormones doivent venir d'autre chose.

Robyn regarda Keil écrire « lait » en face du cercle supérieur. Il s'arrêta avant d'écrire « sexe » en face du cercle du bas.

— Les loups de sang-mêlé peuvent être déclenchés par des relations sexuelles avec un sang-mêlé. Les hormones libérées pendant les rapports sexuels non protégés fonctionnent rapidement, et comme les loups ne peuvent pas contracter de MST, c'est à la fois efficace et sûr. Il y a une petite complication supplémentaire pour les hommes à cause de quelque chose appelée « Premier Accouplement », mais les femmes n'ont pas à s'inquiéter à ce sujet.

Il s'arrêta et Robyn déglutit difficilement.

Bon. C'était un peu une surprise.

Il restait un cercle à remplir. Elle le regarda écrire son nom dans l'espace vide.

Oh, merde. Elle savait où cela allait.

Elle attrapa le stylo et retourna la page, s'écartant de lui pour écrire. Elle pourrait bien craquer pour cet homme. Il n'allait pas utiliser une leçon de biologie pour entrer dans son pantalon.

Tu veux coucher avec moi ?

L'éclair de désir brûlant dans ses yeux répondit à la question plus rapidement que sa bouche.

— Attends, Robyn. Il y a encore une chose que je dois expliquer. C'est tout ce que je fais, expliquer. Tu peux prendre toutes les décisions que tu veux en fonction de ce que je te dis. Crois-moi.

Elle hésita puis secoua avec insistance le bloc-notes vers lui. S'il ne l'avouait pas, elle allait le frapper.

— Bon sang, oui, je veux faire l'amour avec toi. Mais c'est parce que tu es ma compagne.

Elle se précipita pour répondre de ses doigts maladroits. *Pratique. Peut-être que je devrais demander à TJ s'il veut me baiser aussi.*

Keil éclata d'un rugissement qu'elle sentit jusqu'aux os.

— Personne d'autre ne va te baiser, surtout pas TJ !

Du coin de l'œil, elle vit TJ voler en arrière de sa chaise pour atterrir dans une flaque d'eau, les yeux écarquillés vers eux.

— Putain de merde, Keil, qu'est-ce que tu lui dis ?

TJ ne dut pas aimer la réponse, car il se recroquevilla plus.

— Eh bien, dépêche-toi. Écouter un bout de ta conversation me fait mourir de peur.

Robyn réfléchit un instant puis leva la main vers Keil. Elle se faufila vers TJ et lui écrivit un mot.

Elle ne pensait pas que TJ était assez rapide pour essayer de lui tirer dessus. Il serait forcé de lui dire la vérité.

Keil dit qu'il est mon compagnon. Qu'est-ce que cela signifie et comment puis-je savoir si c'est vrai ?

— Hé, mon frère, elle me parle de toi.

Robyn recula vers la plateforme de couchage en gardant les yeux fixés sur TJ, ce qui signifiait qu'elle avait raté la réponse de Keil et n'avait eu que le roulement des yeux de TJ et les mots suivants en réponse.

— Bien sûr que je ne la toucherai pas. Mais tu dois promettre que tu ne me feras pas de mal.

Keil dut répondre assez calmement pour rassurer TJ, qui finalement rampa sur le sol. Il plissa le visage et regarda vers le haut, passant un doigt sur ses lèvres comme s'il essayait de se souvenir de quelque chose. Peu de temps après, il hocha la tête et se tourna vers Robyn et Keil.

— Dacodac. Les compagnons, c'est comme se marier, mais en mieux pour cinq raisons.

Il leva une main et leva un doigt à chaque commentaire.

— Premièrement, les compagnons ont des intérêts et des goûts similaires. Deuxièmement, l'attraction chimique entre les compagnons rend impossible de ne pas savoir qu'ils sont « l'autre ». Troisièmement, le sexe entre compagnons est super chaud et le reste toute leur vie. Quatrièmement, les compagnons sont connectés plus profondément que physiquement — il existe également une connexion mentale et émotionnelle. Et enfin, les compagnons ne s'amusent jamais, jamais les uns avec les autres.

TJ regarda Keil qui gardait la bouche grande ouverte de stupéfaction.

— Assez bien, hein ? Mark et moi avons écrit cela pour

les poussins de la meute lorsqu'ils ont voulu faire une version loup d'un quiz Cosmo « Trouvez votre compagnon parfait ».

TJ attrapa Robyn par la main et la tira vers lui alors qu'il allait se tenir à côté de Keil.

— Comment peux-tu dire que c'est facile. Souviens-toi, mon frère, tu as dit que tu ne me ferais pas de mal. Robyn, donne-moi un baiser.

Keil se raidit et Robyn fut également un peu choquée. S'il était possible de l'être plus ce matin-là.

— Sur la joue ! Découvre mon parfum et ce qu'il te procure. Alors embrasse Keil. Cela expliquera mieux que des mots.

Il tourna son visage sur le côté, gardant un œil méfiant sur son frère.

Elle se mordit la lèvre. Elle n'avait pas besoin de faire ce « test » de TJ. Elle savait déjà ce qu'il disait. Elle savait qu'elle était sexuellement attirée par Keil. Complètement. Faire le test signifiait qu'elle pouvait l'embrasser à nouveau.

Elle se pencha vers TJ et prit une longue inspiration par le nez. Elle sentit l'odeur du liquide vaisselle et l'odeur légèrement terreuse d'un homme qui n'a pas pris sa douche matinale. Elle toucha sa joue avec ses lèvres et se sentit comme lorsqu'elle avait embrassé Tad.

Connecté, comme une famille. Pas de feux d'artifice.

Elle admira les beaux yeux de Keil. Elle commença à prendre une profonde inspiration, mais s'arrêta. Son parfum l'emplit. Elle pouvait le goûter, le sentir glisser dans ses poumons et dans tout son corps. Il sentait l'air d'une nuit étoilée, la fondue au chocolat noir et le sexe cru et passionné.

Incapable de s'arrêter, elle ignora sa joue offerte et le

saisit par les cheveux, le tirant à sa portée afin qu'elle puisse joindre leurs bouches.

Robyn n'avait jamais rien ressenti de tel que la satisfaction qu'elle éprouvait à chaque contact avec le grand homme devant elle.

Eh bien, il semblait qu'elle s'accrochait.

5

———

— Ça ne signifie pas que nous ferons quoi que ce soit, enfin, tant que tu n'es pas prête, déclara Keil lorsqu'il réussit finalement à s'éloigner d'elle.

Nous pouvons prendre notre temps et apprendre à nous connaître d'abord. Maintenant que je t'ai trouvée, je peux attendre.

Ses yeux brillants le fixèrent en retour.

TJ arriva derrière.

— Hum, Keil, mais qu'en est-il de...

Keil cogna son coude dans les cotes de TJ.

— Pouah.

TJ en eut le souffle coupé, mais il continua de lutter.

— Je dis ça comme ça...

Keil se tourna pour faire face à son frère, prenant soin de tenir Robyn assez près pour qu'elle ne puisse pas lire sur ses lèvres.

— Non, tu ne dis pas un mot de plus à ce sujet. Compris ?

C'était un ordre que TJ ne put ignorer.

Robyn n'était pas la seule à avoir la voix d'Alpha.

TJ se figea. Il baissa les yeux.

— Entendu.

Keil repoussa un peu Robyn et lui fit un clin d'œil.

— La matinée a été difficile et je pense que nous pourrions faire un peu d'exercice. Skier jusqu'au sommet du col pour le déjeuner ?

Elle hocha la tête avec enthousiasme et partit se changer.

Keil voulait lui donner du temps, seule, pour réfléchir à tout ce qu'elle avait appris, mais son loup refusa de la laisser sortir sans protection.

Les personnalités divisées étaient difficiles à gérer (dans le meilleur des cas), et en ce moment, son loup était énervé. Il ne voyait pas quel était le problème et pourquoi il n'y avait pas de marquage ni d'accouplement.

Moi aussi, mon pote, pensa Keil.

Il dévora des yeux les hanches de Robyn alors qu'elle enfilait son maillot de corps à manches longues. Dans son esprit, Keil pouvait déjà sentir le poids de son corps glisser sur son membre alors qu'il s'accrochait à ses hanches et l'aidait à le chevaucher. Son sexe douloureux se pressa contre son pantalon de ski et il dut s'ajuster.

De nouveau.

Oui, il voulait bien se sacrifier pour l'aider à passer au loup.

Une partie de lui voulait renvoyer TJ à la civilisation en avance, afin de leur donner un peu d'intimité. Seulement, avec la façon dont TJ skiait, il ne pouvait être laissé seul. Le garçon se perdrait probablement, casserait un ski ou subirait une autre catastrophe de ce genre.

Mince. Il était piégé dans la brousse avec sa compagne et un chaperon indésirable.

Non, c'était pour le mieux. Il devait laisser à Robyn le

temps de s'adapter. Il était temps de parler à sa famille et d'accepter les changements qui se produiraient si elle déclenchait son loup.

Il ne serait pas juste non plus de faire d'elle un loup à part entière et sa compagne s'il mourait dans le défi dimanche. Il serait de loin préférable d'attendre après le week-end, quand il aurait le temps et l'énergie nécessaires pour la courtiser.

Il essayait de passer outre les protestations de son corps.

Il la regarda retirer trois détecteurs d'avalanche de l'étagère et les régler sur la même fréquence, et vérifier les lumières clignotantes pour s'assurer qu'elles fonctionnaient.

— Pas question, Keil. Oh mec, tu sais que je déteste porter ces choses ! Dis-lui que je n'ai pas à le faire, gémit TJ.

Robyn tendit les appareils aux hommes, ses sourcils levés à la vue de TJ se reculant et cachant ses mains derrière son dos.

— Je les déteste.

Son haussement d'épaules lui fit comprendre qu'elle se fichait de ce qu'il pensait. Elle s'avança vers lui, glissa la sangle autour de son cou et attacha la ceinture. Elle tapota la joue boudeuse de TJ et battit des cils en lui adressant un sourire diabolique.

— Je me sens comme un chien avec un collier.

Robyn renifla et se tourna pour s'assurer que Keil portait correctement son moniteur.

— Je fais ça pour gagner ma vie. Vous n'aurez aucune plainte de ma part.

Il ajusta les sangles autour de sa taille, dénouant une section d'élastiques pour la positionner à plat contre son corps.

Ses doigts suivaient les lanières s'étirant sur son torse, et son rythme cardiaque s'accélérait à la sensation de cette femme sous ses mains. Il leva les yeux et la vit le regarder. Elle déglutit difficilement et sa langue humidifia sa lèvre inférieure.

— Cela ira mieux même si c'est sous ton manteau.

Il s'arrêta un instant pour toucher le haut de ses hanches. Elle était presque dans ses bras, et il ne voulait rien de plus que la sentir contre son torse. Goûter sa bouche.

Elle bougea alors qu'il se penchait plus près, la tentation vive, ses yeux l'attirant comme un aimant. Sa bouche s'approcha de la sienne et il voulut lui caresser le dos.

Une douleur soudaine et aiguë traversa sa fesse gauche, le poussant sur le corps de Robyn alors qu'ils se dirigeaient vers la table.

— Qu'est-ce que... ?

Keil rugit en saisissant Robyn et en la faisant pivoter pour éviter de l'écraser.

Derrière eux, TJ lançait du matériel à gauche et à droite et fouillait dans son sac. Ses bâtons de ski étaient sous son bras, tendus vers l'arrière, et à chacun de ses mouvements les pointes acérées pointaient dans leur direction.

— Espèce d'imbécile !

Keil tenta d'attraper les bâtons en mouvement, mais ils continuèrent à danser hors de portée. Un soudain retournement enthousiaste de TJ fit agiter les pointes vers eux.

Keil poussa Robyn sur le côté en criant.

— TJ, stop !

Le bruit de la pointe du ski traversant la table en bois éloigna finalement TJ de ses fouilles pour les regarder de plus près.

Robyn et Keil se tenaient côte à côte, le bâton de ski tremblant. L'innocente expression de TJ était plus qu'irritante.

— Quoi ?

— TJ, tu es une menace pour tout le monde.

Keil gronda la perche incriminée tendue à son frère.

— Comment est-ce arrivé là ?

Keil se tourna vers Robyn et, plaçant une main sur son épaule, s'assura qu'elle pouvait voir ses lèvres bouger.

— Y a-t-il un signe approprié pour dire à mon jeune frère qu'il est un connard, et que s'il ne le regarde pas, je l'attacherai aux toilettes avec une laisse ?

Robyn fit mine de se tourner vers TJ et lui secoua les bras. Puis elle leva lentement la main et tourna son majeur à l'attention de TJ.

— Oui, déclara Keil, je pense que cela devrait le faire.

Ils skièrent en file indienne jusqu'au lac, Robyn suivant Keil pendant qu'il sillonnait la piste. Il insista pour y aller en premier et elle réprima un rire. Il ressemblait beaucoup à son frère, Tad, qui refusait de laisser quelqu'un travailler plus dur que lui.

Cela laissa le temps à son esprit de vagabonder au détour de ses traces dans la neige. Alors que tout ce qu'on lui avait dit ce matin semblait être impossible, la preuve de la métamorphose de TJ démontrait que ce n'était pas une blague qu'ils essayaient de faire.

Il y avait aussi la question de son attirance pour le grand mâle qui marchait devant elle. Robyn leva les yeux pour le regarder skier, efficace alors qu'il travaillait à faire des traces au pied de la neige molle qui gisait à la surface du lac gelé. Quelque chose en lui la fascinait.

Comme un cerf dans les phares d'un camion qui

approchait à grands pas, elle attendait qu'il la percute de plein fouet.

Les phéromones entre eux étaient en train de chauffer. Avant le petit incident du bâton de ski, elle pensait qu'elle allait finir en collation. Zut, elle aurait voulu être grignotée. Des picotements couraient sur tout son corps, même en pensant à Keil.

La façon dont elle s'était lovée autour de lui quand elle s'était réveillée ce matin, la réaction de son corps à son contact. Le réconfort qu'il lui avait apporté au milieu de la nuit. D'habitude, un mal d'oreille l'aurait fait se traîner toute la journée, avec un mal de crâne lancinant. Mais avec un petit câlin, la douleur s'était dissipée.

Tous deux étaient comme un bâton de dynamite et un briquet. Trop de temps ensemble et quelque chose exploserait.

Elle soupira ; elle regrettait pour la centième fois que Tad ne soit pas là pour échanger des idées.

Son frère. Était-il aussi un loup ? Il n'avait jamais rien dit. Si c'était une nouvelle pour lui, il allait être surpris.

Bien sûr, s'il le savait déjà, elle pourrait vouloir le tuer.

Elle pouvait déjà l'entendre se plaindre d'avoir agi de manière irresponsable et d'avoir fait ce voyage seule. Tad avait toujours dit qu'elle finirait par rencontrer d'étranges cinglés dans l'arrière-pays.

Il n'avait probablement pas pensé qu'elle rencontrerait quelqu'un qui voudrait la transformer en loup-garou.

Au moment où ils approchaient du bas du col, Keil s'arrêta et laissa tomber son sac à dos. Robyn le rejoignit et ils passèrent un moment à profiter de la vue, du soleil sur la neige, des montagnes s'élevant hardiment autour d'eux.

Keil lui donna un coup de coude, lui passant sa bouteille

d'eau après avoir bu une longue gorgée. Il lécha une goutte d'eau qui restait sur sa lèvre, et un bourdonnement chaud la traversa. Il y avait quelque chose d'érotique à partager une bouteille d'eau qu'elle n'avait pas remarquée auparavant lors d'un précédent voyage dans l'arrière-pays.

Elle but une gorgée, sentant les yeux de Keil observer sa bouche et sa gorge tandis qu'elle avalait.

Elle abaissa lentement la bouteille et lui sourit. La cour qu'ils se faisaient allait être amusante.

— Je vais monter. Attends TJ et assure-toi qu'il boive un verre. Il est connu pour se déshydrater. D'accord ?

Il passa ses doigts sur ses lèvres dans une caresse avant de se détourner.

Robyn regarda Keil gravir doucement la colline sur un angle, son corps puissant traçant la piste avec une facilité déconcertante.

Waouh. S'accoupler avec M. Grand-étalon. Comment pouvait-elle avoir autant de chance ?

Seulement, il y avait des problèmes au paradis. Quelque chose s'était passé ce matin juste avant le départ. TJ était contrarié, il allait bien jusqu'à ce que Keil l'interrompe.

Il était temps de découvrir pourquoi.

Il fallut quelques minutes à TJ pour rattraper son retard. Elle lui tendit la bouteille d'eau, la tenant une seconde de plus que nécessaire pour le forcer à la regarder de près. Quand elle fut sûre qu'il regardait, elle fit signe à Keil de la tête. Elle tapota ses doigts comme s'ils étaient une bouche qui parlait.

TJ se mordit la lèvre.

— Ah, c'est injuste. Keil m'a dit de rester tranquille. Tu dois comprendre, en tant qu'humain, c'est mon frère. Je ressens de la loyauté envers lui. C'est aussi le loup le plus puissant que je connaisse, et ça fait mal de penser à lui désobéir.

Robyn montra Keil et elle-même, puis joignit ses doigts ensemble.

— Oui, je sais que vous allez être accouplés en tant que compagnons. Cela signifie que ça fera mal de penser à te désobéir aussi. Il pencha la tête sur le côté et avec une expression peinée puis demanda :

— Je suppose que je ne peux pas te convaincre de me laisser m'en tirer ?

Robyn se sentait coupable de l'avoir poussé, mais il y avait quelque chose qu'elle avait besoin de savoir.

Elle parla à voix haute. Doucement, mais clairement.

— Dis-le-moi.

— Argh ! Mince. Très bien, je vais dégoiser. Il ne t'a pas dit toute la vérité sur les compagnons. Ce n'est pas quelque chose que tu peux repousser aussi facilement. Il essaie de te donner le temps de t'adapter à l'idée d'être un loup et tout ça. Il est noble.

TJ regarda la colline où son frère effectuait le premier virage.

— Keil va se battre pour la direction de notre meute dimanche. Il est bien plus fort que l'autre gars, et je sais que Keil peut gagner. C'est le seul défi à la fois humain et loup, et cela peut être un peu désordonné, surtout si le loup de l'un des combattants n'est pas sous contrôle. Plus vous attendez tous les deux pour terminer l'accouplement, plus son loup sera distrait. Je n'essaie pas de te mettre au lit avec Keil... ou... oui, je le fais. Le plus tôt sera le mieux. Parce que si tu ne te fais pas marquer et accoupler avant le week-end, son loup va être si agité que j'ai peur pour l'issue du défi.

TJ tourna son regard vers le sien.

— J'ai peur pour toi aussi, il pourrait être dangereux d'être dans la meute. Depuis que toi et Keil vous êtes embrassés la nuit dernière, ton loup a commencé à remonter à la surface et tu dégages des phéromones sexuelles folles. Tous les mâles non accouplés vont être vraiment intéressés. Je ne pense pas que Keil en soit conscient, car il est déjà attiré par toi. Je le sens, mais je sais que tu es à lui, et je me force à l'ignorer.

Elle hocha la tête pour comprendre et tendit la main pour effleurer la joue de TJ en remerciement. Ses yeux se fermèrent une seconde, puis il toussa.

— Hum, Robyn ? Tu dois savoir que les loups aiment les choses délicates, et même si j'aime que tu me caresses, tu ferais mieux de ne pas recommencer avant que Keil et toi soyez mariés. Pour le moment, je ne pense pas qu'il puisse supporter de te flairer sur qui que ce soit, et j'aime que mes couilles restent rattachées à mon corps.

Il lui rendit la bouteille d'eau et lui fit signe de prendre la direction de la colline.

Ils grimpèrent en utilisant les longs lacets peu profonds que Keil avait tracés pour faciliter l'ascension. Robyn jeta un coup d'œil par-dessus son épaule pour voir TJ la suivre, lentement et régulièrement, ses skis glissant sur le côté à quelques pas. Il était terriblement gauche sur deux pieds.

Au moment où ils atteignirent le sommet du col, elle transpirait et ressentait la satisfaction de l'effort. Keil avait sorti un réchaud et l'avait allumé pour faire bouillir de l'eau et la rendre potable.

— Tu es une bonne skieuse, Robyn. Tu as bien gardé le rythme.

Le compliment de Keil la réchauffa alors qu'elle s'asseyait face à lui, capable de regarder par-dessus les montagnes qui s'étendaient jusqu'à l'Océan Pacifique et de voir toujours son visage. Elle poussa un soupir détendu et laissa son regard vagabonder sur les sommets ensoleillés.

Une pression sur son genou ramena son attention sur Keil.

— As-tu faim ?

Elle hocha la tête et rapprocha son sac pour sortir la nourriture qu'elle avait apportée. Elle lui passa quelques barres de céréales maison et regarda le plaisir sur son visage lorsqu'il les mordit.

— Elles sont délicieuses. Les as-tu achetées à Whitehorse ?

Elle secoua la tête pour exprimer le non, puis hocha la tête en se montrant du doigt.

— Tu ne les as pas achetées, mais tu les as eues. Les as-tu faites ?

Elle acquiesça.

L'admiration dans ses yeux s'intensifia.

— Hmmmm. Elle cuisine aussi.

Il se pencha lentement en avant et déposa un doux baiser sur ses lèvres. Ils se regardèrent pendant une minute, le désir s'élevant entre eux tel un nuage tangible avant que l'eau bouillante ramène Keil sur Terre.

— Vous êtes trop rapides.

Le visage rouge de TJ fit rire Robyn.

— Oh, bien sûr, moque-toi du lent paresseux. Une fois que tu pourras passer au loup, je pourrai te battre à la course à tout moment. N'est-ce pas, Keil ?

Keil lui tendit une tasse de thé chaud et sucré.

— Ne pense plus jamais aux fesses de Robyn, mais je conviens que tu es aussi rapide qu'un loup. Robyn, je sais que cela a été une surcharge d'informations pour toi avec tout ce que nous t'avons lancé...

Elle le coupa avec un signe de main. Elle lui tourna

délibérément le dos et montra du doigt les montagnes et tout le panorama.

TJ comprit le message.

— Elle a raison. Tais-toi une minute et profite de la vue.

— Je sais, mais...

— Mais rien. C'est trop dur de parler maintenant. Relaxe. Tu ne sais pas comment faire ? Tu dois te détendre un peu, mon pote. Ce n'est pas que de la politique de meute, des situations de vie ou de mort, ou le capitaine Kirk, je veux dire Keil, à la rescousse.

Lorsque TJ eut fini de parler, Robyn jeta un coup d'œil à Keil. Elle lui tendit la main et il se leva pour la rejoindre. Elle retira son gant pour faire glisser ses doigts le long de sa joue avant de se retourner et se caler contre lui alors qu'elle admirait la vue.

Il était très sérieux. Il ne pouvait pas être beaucoup plus âgé qu'elle, il prévoyait de prendre la direction d'un grand groupe d'individus plutôt entêtés.

Robyn pourrait l'aider à apprendre à se détendre. Elle étouffa un rire.

Ses bras forts la soutenaient fermement contre son corps. Dommage que les vêtements d'hiver rendaient tout plus volumineux, mais elle pouvait toujours apprécier la sensation de son corps ferme.

Elle se retourna et glissa ses mains derrière sa nuque. Leurs lèvres se frôlèrent, elle resserra sa prise et leva ses pieds pour laisser le poids de tout son corps sur lui.

Le mouvement surprise fonctionna et ils tombèrent dans la neige. Robyn essaya de s'échapper, mais il la tint tout en roulant pour finir par s'allonger sur le dessus et la coincer.

— C'était sournois.

Keil la dévisagea et elle bougea les hanches pour lui faire savoir qu'elle était piégée.

— Je pense que tu devrais payer un tribut pour ce petit tour.

Il baissa la tête et se blottit contre son cou, et elle le sentit prendre de grandes inspirations. Sa langue fila le long de sa peau nue, et elle frissonna ; une vague de désir submergeait son corps, ses seins et s'installait dans son cœur comme une bombe à retardement.

Ce mec était puissant.

Un dernier baiser dans son cou, et il se leva pour la tirer sur ses pieds.

— Il se fait tard et si nous voulons rentrer à la cabane en plein jour, nous ferions mieux de skier. Éloignez-vous du côté droit dans la descente, la neige est instable.

Robyn approuva. Keil passa un doigt sur ses lèvres et lui fit un clin d'œil.

— Je vais réclamer mon forfait au chalet.

Tous les trois rangèrent leurs affaires, et cette fois Robyn ouvrit la voie, dévalant le flanc de la montagne grâce à des virages en télémark. Elle s'arrêta au quart de la descente et attendit que les autres la rattrapent. Keil s'arrêta à côté d'elle, et TJ peu après.

— Beaux tours, dit Keil. Laisse-moi passer d'abord, je veux te regarder d'en bas cette fois.

Il partit en faisant les mouvements qui font tourner les skis de fond dans la neige profonde du flanc de la montagne.

Elle admirait aussi son talent. Les gens avec qui elle et Tad skiaient dans les montagnes étaient tous des experts, et Keil s'intégrerait très bien.

Elle le rattrapa et ils se tournèrent tous les deux pour regarder TJ faire sa descente.

Sa veste rouge vif avait de l'allure, et c'était la chose la plus positive qu'elle pouvait dire à propos de sa technique. TJ ne skiait pas, mais jetait ses jambes dans une course folle comme s'il portait des patins à roues alignées. Les bâtons de ski en l'air, la neige volait partout. Robyn se mordit la lèvre pour ne pas éclater de rire.

Puis son souffle se bloqua dans sa gorge. Une plaque de neige tomba et une grande fissure apparut sur le flanc de la colline au-dessus de l'endroit où TJ se dirigeait, trop loin dans la zone de danger et complètement hors de contrôle.

Elle regarda avec horreur le flanc de la montagne glisser dans une avalanche, entraînant sa silhouette en moulin à vent le long de la pente à leur droite. Le sol sous leurs pieds trembla un instant, mais le manteau neigeux où ils se tenaient était suffisamment solide.

Elle regarda d'avant en arrière la poudreuse et les nuages de neige fine pour essayer de repérer TJ.

Seule la surface perturbée du flanc de la montagne accueillait leurs yeux.

6

___

Son estomac fit un saut alors que l'avalanche les dépassait. Au moment où le grondement s'estompa, Keil sortit son émetteur et passa en mode recherche. Ils n'avaient pas beaucoup de temps pour retrouver TJ.

Il fallait le retrouver conscient.

Keil se tourna vers Robyn. Elle avait déjà son émetteur en main. Elle était pâle et ses yeux étaient trop grands, mais elle suivait chaque étape méthodiquement.

Keil attrapa son visage dans ses mains, s'assurant qu'elle le regardait.

— Tu sais comment utiliser ton moniteur ?

Elle acquiesça.

— Comme tu ne peux pas m'entendre si je crie, je veux que tu me regardes tous les cinq pas, pour être sûr que tu es au courant de tout avertissement que je donne. Compris ?

Robyn acquiesça. Elle montra la montagne.

— Oui, tu montes. Si je signale « bon » comme ça — Keil frappa ses poings ensemble et pointa un doigt d'une main — Je m'attends à ce que tu skies aussi vite que possible.

Son visage devint sombre.

— Je suis sérieux. Si tu es prise dans une avalanche toi aussi, je ne pourrai pas vous sauver tous les deux. Rappelle-toi, TJ est un loup-garou. Il est plus fort qu'un humain. Il ira bien. Allons-y.

Ils skièrent rapidement jusqu'au bord de l'avalanche et commencèrent des va-et-vient pour cerner la position de TJ. Keil bougea avec précaution, partagé entre la nécessité de sauver TJ et le besoin de protéger Robyn.

Laisser sa compagne s'éloigner de lui dans le danger potentiel d'une autre glissade le blessait presque physiquement.

Ses sens étaient en alerte maximale. Le reflet du soleil sur la neige était aveuglant. Le grincement régulier de leurs skis sur la surface rugueuse devenait rassurant. Quelques pas, une pause pour vérifier le moniteur, un coup d'œil dans la montagne. Un clin d'œil pour s'assurer qu'elle était en sécurité, puis recommencer.

La lumière clignotante de son récepteur devint plus forte et Keil se tourna pour suivre sa direction.

Soudain, il leva un bras et pointa du doigt.

Robyn revérifia son moniteur et leva le bras, pointant vers le bas dans un chemin qui traversait son angle.

Ils réduisaient l'écart.

C'était un travail douloureusement lent. Chaque nerf de leur corps les suppliait de se dépêcher avant que TJ manque d'air. Keil prit un moment pour appeler.

— TJ !

Il cria dans la direction où il espérait le trouver, mais il n'y eut aucune réponse.

Un filet de son parvint à ses oreilles.

Un grondement sourd au loin.

Il leva les yeux pour examiner les montagnes qui les entouraient, craignant ce qu'il verrait.

Le pic à leur gauche libéra une corniche de neige, la plaque déplaçant un nuage de poudre dans l'air. Rapidement, il étudia son angle, qui, si elle les atteignait, déclencherait une autre avalanche au-dessus d'eux.

La pente de la montagne s'incurva, et le chercheur poussa un soupir de soulagement : la neige folle glissait derrière une crête lointaine hors de vue et sans danger.

Il leva les yeux pour voir Robyn guetter attentivement son signal. Fuir ou continuer ?

Il pointa vers l'avant. Cette dernière se fia à son jugement.

Son cri dur quelques instants plus tard fit battre le cœur de son acolyte. Keil leva les yeux pour la voir transformer son bâton de ski en sonde. Elle l'infiltra dans la neige à la recherche d'une poche d'air ou d'un corps enterré. Il se débattit jusqu'à son niveau, sortit sa pelle et se prépara à creuser.

— TJ, peux-tu nous entendre ? rugit Keil.

Un hurlement bienvenu monta à leurs oreilles.

Son frère fit une prière de remerciement en pelletant, Robyn travaillant à ses côtés. Ils creusèrent le flanc de la colline par le bas pour profiter de la pente, pensant qu'il y aurait moins à creuser à ce niveau. Ils étaient confiants.

Cela sembla durer une éternité avant que celui qu'il recherchait ardemment ne tende la main en guise d'avertissement.

— Je ne veux pas le frapper. Laisse-moi creuser, tu surveilles les alentours.

Keil fit plus vite, entendant le hurlement de TJ devenir plus clair.

— Reste loin de la pelle si tu as la place, cria-t-il en se

balançant à un rythme effréné. Il ne restait plus que quelques pelletées avant la délivrance.

Son frère se précipita hors du trou en tant que loup, puis fit le tour de leurs jambes en guise de remerciement.

❧

TJ s'assit devant le feu dans le chalet en sirotant une tasse fumante de chocolat chaud. Il avait couru à côté d'eux jusqu'à la cabane sous l'apparence du loup, son équipement enterré quelque part sur la colline.

— Je ne comprends toujours pas. Quelle partie de « reste à l'écart de la droite, la neige est instable » tu n'as pas compris ? reprocha Keil en drapant une couverture supplémentaire sur les épaules de TJ.

— Assez. Je suis désolé. J'ai confondu ma gauche et ma droite. Pas de mal puisque Robyn m'a fait mettre le traceur. Tu m'as trouvé, je vais bien.

— TJ, c'est la troisième paire de skis que tu perds cette année !

Le bruit des bûches s'écrasant sur le sol les fit tous les deux lever les yeux vers la jeune femme stupéfaite. Elle leva une main tremblante pour montrer trois doigts levés, avec une expression interrogative.

— Oui, dit Keil, c'est la troisième fois que M. Désastre est en action cet hiver. Son record est de six fois en une seule saison. Je pense lui faire implanter un traceur de façon permanente...

— Hum, Keil, pourquoi me regarde-t-elle comme ça ?

Keil leva les yeux. Il aurait juré avoir vu de la vapeur s'échapper de ses oreilles juste avant qu'elle ne saute à travers la pièce, attrape TJ par la gorge et le secoue.

Dur.

— Doucement.

Keil saisit doucement ses avant-bras et les détacha du cou de TJ. Marmonnant des mots apaisants malgré le fait qu'elle ne pouvait pas entendre, il l'apaisa. Son corps continuait de trembler.

— Je suppose qu'elle est un peu choquée que nous ayons dû te sauver en premier lieu, TJ. Apprendre que c'est habituel, c'est peut-être trop. Plus que ce dont elle avait besoin en plus de tout le reste aujourd'hui.

TJ eut la décence d'avoir l'air gêné. Il s'agenouilla auprès d'elle.

— Je suis désolé de t'avoir fait peur. Je ne réfléchis pas parfois. Je ne le ferai plus.

— Ah !

Keil renifla.

— Ne fais pas de promesses que tu ne peux pas tenir, petit frère. Le sauna devrait être chaud maintenant. Va te réchauffer pour de bon. Robyn et moi devons parler.

TJ lança un autre regard inquiet avant de rassembler ses vêtements et de se diriger vers la porte.

Keil s'installa sur la chaise près du feu, tenant toujours Robyn alors qu'ils s'asseyaient tranquillement ensemble. L'avoir dans ses bras était une sensation merveilleuse. Elle était assez petite pour être chérie, mais assez forte pour être sans peur face à l'urgence de la situation, dans la montagne.

Elle allait être une compagne fabuleuse pour lui.

Elle sentait bon. Il prit une profonde inspiration et réprima l'envie de la jeter sur la plateforme de couchage et de lui arracher ses vêtements.

Elle glissa ses doigts vers le haut et traça le contour de sa mâchoire. Keil ferma les yeux pour profiter des pulsations dans son sang. Elle se trémoussa et il vit qu'elle tremblait silencieusement, des larmes coulant de ses yeux.

— Hé, ça va.

Il pencha la tête en arrière pour la rassurer et scruta son visage.

Pur délice.

— Quoi de neuf, petit oiseau ?

Robyn s'essuya les yeux et glissa de ses genoux, ne s'arrêtant que pour déposer un baiser sur sa joue. Elle revint à ses côtés avec son bloc-notes, tirant une autre chaise pour qu'ils puissent se faire face, tous les deux profitaient toujours de la chaleur du feu.

Cela peut sembler fou, mais je suis tellement heureuse en ce moment, écrivit-elle.

— Heureuse ? Devoir sauver mon frère te rend heureuse ? Le laisser enterré pour une fois me rendrait extatique.

Son éclat de rire le fit sourire.

— Dis-moi, comment le fait d'avoir tout ton monde à l'envers peut-il te rendre heureuse ?

Robyn le fixa pendant une minute puis pencha la tête pour écrire. Lorsqu'elle lui tendit le bloc-notes, elle fit signe qu'elle allait boire un verre.

Il se tourna pour lire son message. Elle se dirigea vers le seau d'eau.

Toute ma vie, j'ai été différente. Et ça, ça a été très différent. Difficile de partager avec de nouvelles personnes. Mes seuls amis : mon frère et de vieux amis de la famille.

Tu m'acceptes tout de suite. Tu me fais confiance tout de suite. Ton frère est vraiment un idiot ! Tu es vrai avec moi.

Tout cela me fait très plaisir.

Ensuite, elle le gratifia d'un doux sourire.

— Tu as été différente. C'est parce que tu étais censée être un loup. Tu étais censée être avec ta meute qui t'aimerait et te soutiendrait. C'est ce qui manquait.

Il prit le verre et le plaça sur le côté pour l'attirer dans ses bras.

— Je ne vais pas te précipiter, tu as probablement encore une tonne de questions, mais tu dois savoir que je ferai tout pour toi. La connexion entre nous se renforce et je suis heureux de t'avoir trouvée.

Il se pencha et l'embrassa.

Doux. Un baiser d'une exquise tendresse. Il y mit tout son cœur, essayant de lui dire sans mots qu'elle n'avait pas à s'inquiéter pour lui, et que toutes les préoccupations de la journée finiraient par s'arranger.

— *Comment puis-je ressentir ce lien avec quelqu'un que je viens de rencontrer ?*

Keil s'immobilisa.

Il entendit sa voix dans son esprit.

Alors, il la regarda dans les yeux. Il pensait que cela arriverait, mais pas déjà. Pourtant, ils n'étaient même pas encore accouplés. Elle n'avait pas déclenché son loup.

C'était impossible.

— Comment as-tu fait ça ? demanda-t-il.

Son expression devint perplexe, et il essaya de lui faire un sourire. Cela ne dut pas fonctionner, car elle s'éloigna.

— Attends, essaie quelque chose pour moi. Dis-moi ta couleur préférée.

Après lui avoir lancé le regard spécial « es-tu fou ? », elle reprit le bloc-notes.

— Pas d'écriture. Essaie de me le dire dans ma tête.

Robyn le dévisagea.

— *Il fait à nouveau ce truc de dingue. Je n'ai pas de couleur préférée à lui dire.*

— Tout le monde a une couleur préférée, Robyn.

Son visage devint pâle.

— M'as-tu entendu ?

Keil lui caressa la joue et tenta de lui parler.

— *Oui, ça va bien avec le « truc de fou » que je fais.*

Elle s'échappa de ses genoux et se retrouva sur le sol.

— *Putain de merde ! Tu peux m'entendre. Je peux t'entendre ! Comment est-ce possible ?*

Elle se mit à genoux et attrapa ses jambes. Puis elle se redressa jusqu'à ce qu'ils soient face à face.

— *Dis autre chose pour moi.*

— *Tu es la plus belle personne que j'aie jamais vue.*

Robyn lui envoya une framboise.

— *Dis quelque chose d'intelligent.*

Au lieu de cela, il lui offrit des baisers sur ses lèvres et le long de son cou pour enfouir son visage dans le creux de son épaule.

— *Tu es belle et tu sens la prairie au printemps. Ta peau est fraîche et propre comme le vent soufflant sur le glacier. Tu as le goût d'un poisson fraîchement pêché avec un bon verre de vin.*

— *Tu es un poète, toi. Tu me donnes faim.*

— *Tu me donnes faim aussi, et j'ai l'intention de faire quelque chose à ce sujet. Je voulais attendre, mais...*

Ses doigts s'enroulèrent dans les cheveux de sa nuque.

— *C'est fou. Mon corps est en feu. Comment puis-je t'entendre ? Tu as dit ce matin que les compagnons pouvaient parfois parler comme ça, mais nous ne sommes pas des compagnons. Je veux dire, cela ne nous oblige-t-il pas à avoir des relations sexuelles d'abord ?*

— *C'est généralement le cas. La seule chose à laquelle je peux penser est la montée d'adrénaline de l'avalanche qui t'a déclenchée et a commencé à nous lier. Situation de vie et de mort, tout ça. Tu es un loup exceptionnellement fort, et moi aussi. Ce n'est pas que je me vante !*

Keil sourit en retour et se leva, la souleva et fit un pas

vers le couchage. Il s'arrêta et fit le tour de la pièce. Secouant la tête, il se retourna, son besoin d'elle devenant de plus en plus fort.

— *Merde, je te veux. Mais pas ici. Rassemble tes affaires.*

— *On va faire l'amour ? Maintenant ?*

Elle réfléchissait si fort qu'il pouvait entendre l'écho de son inquiétude rebondir sur le flanc de la montagne.

— *Maintenant. Et si non seulement nous déclenchons ton loup, et que tu tombes enceinte en même temps, nous organiserons une double fête. Tu es ma compagne. Cela implique de bonnes parties de jambes en l'air et une famille à envisager.*

Son hochement de tête timide le défia presque.

7

———

Robyn se déplaça sur le banc dans l'annexe à l'extérieur du sauna. Keil était retourné au chalet avec TJ et lui avait laissé les instructions pour se détendre et l'attendre pendant qu'il attrapait quelques affaires.

Elle ajouta quelques bûches supplémentaires dans le poêle, de la neige dans les seaux et s'assit pour attendre.

C'était plutôt inconfortable d'être assise là en sachant qu'à tout moment un loup-garou franchirait la porte et coucherait avec elle.

Argh. Cette pensée la fit trembler. Que faisait-elle ? C'était fou. C'était plus que fou.

La porte s'ouvrit et elle sursauta. La chaleur sexuelle s'échappa de son corps et l'enveloppa.

D'accord. Elle se souvint pourquoi elle allait faire ça. Chaque centimètre d'elle était en feu et elle était attirée par le mâle grand et dur comme si elle avait des cordes qui s'enroulaient autour de ses membres.

Keil laissa tomber une couverture sur le banc à côté

d'elle. Il vérifia son expression avant de soulever son menton.

— Hé, ça va. Nous allons y aller doucement.

Robyn baissa les yeux, rougissant furieusement ; elle parla dans son esprit.

— *J'ai peur.*

— *De moi ?*

— *En quelque sorte.*

Sa main douce passa sur son oreille et trouva ses cheveux à l'arrière de sa nuque.

— *Je ne veux pas t'effrayer. Je veux t'aimer.*

Les yeux de Keil s'illuminèrent.

— *Je ne sais pas quoi faire. Je veux dire, je sais quoi faire, mais je n'ai jamais...*

— Je sais que tu ne l'as jamais fait. Je suis content. C'est bien que tu ne l'aies jamais fait. Je n'ai plus besoin d'aller retrouver tes anciens amants pour les tuer.

— *Très possessif ?*

— *Tu n'as pas idée.*

Il se pencha pour effleurer ses lèvres.

— *Attends d'être complètement louve. Je parie que tu seras tout aussi possessive envers moi. Les loups s'accouplent pour la vie et nous n'aimons pas partager.*

Robyn bougea sur le banc dur. Comment pouvait-elle vouloir autant tout en ayant toujours peur de passer à l'étape suivante ?

Elle ferma les yeux et inspira profondément, essayant de retrouver son courage.

Un léger contact effleura ses pieds.

— *Tu réfléchis trop fort. Allons-y doucement. Tu dois être en sueur à cause de notre ski et TJ. Laisse-moi t'aider à te laver.*

Ses mains dérivèrent sur ses épaules, la tirant contre son

corps pour une brève caresse et il saisit le bas de son T-shirt à manches longues. D'un mouvement lent et fluide, il le souleva, puis le laissa tomber sur le banc derrière eux.

Robyn combattit l'envie de couvrir sa poitrine avec ses mains. Pouah. Elle avait décidé de se laisser séduire dans une cabane de montagne vêtue de ses sous-vêtements les plus sobres et les plus solides.

Heureusement, il n'exprima aucun mécontentement face à ce qu'il vit.

Elle ne pouvait pas non plus se plaindre. Keil enleva sa propre chemise d'un coup sec et se tint à quelques centimètres d'elle.

— *Mince. Juste... bon sang. C'est ce qu'ils entendent par abdos en béton ? Puis-je faire la lessive ?*

Il sourit et lui tendit la main. Le retrait du soutien-gorge de sport moulant ne se déroula pas aussi facilement. Sa main se coinça sous les bretelles croisées dans le dos et elle se retrouva avec les bras au-dessus de sa tête, son soutien-gorge l'enveloppant étroitement avec son avant-bras. La chaleur lui monta au visage.

— *Il va se passer quelque chose, mais ne t'inquiète pas. Cela nous donne des possibilités très intéressantes.*

Il baissa la tête pour presser ses lèvres sur son cou. Il déposa de doux baisers sur le haut de ses seins exposés, lui envoyant des frissons.

Ses caresses étaient douces, mais le pouvoir était là, sous la surface. Sa langue caressa son décolleté puis ses dents grignotèrent sa peau chaude.

Sa main se détacha de son soutien-gorge et elle baissa lentement les bras, son regard brûlant ne quittant jamais son corps.

— *Enlève le reste et je vais préparer la douche.*

Il s'enfuit rapidement, laissant Robyn se demander ce

qu'elle avait fait de mal.

— *Keil ?*

Il versa de l'eau chaude dans le réservoir au-dessus de la douche.

— *J'ai besoin de me calmer un peu. Tu es très belle, et parce que tu es ma compagne, je te veux vraiment, vraiment. J'essaie de ralentir les choses.*

Après avoir préparé l'eau, il la mit dans la douche, la retournant jusqu'à ce qu'elle soit mouillée de la tête aux pieds. D'un coup de poignet, il arrêta l'eau et ramassa le gant de toilette et le savon.

En commençant par la nuque, il fit de petits cercles sur sa peau, couvrant ses omoplates, glissant sur sa colonne vertébrale jusqu'à ce que ses mains prennent ses fesses.

Robyn appuya son front contre le côté de la cabine de douche et ferma son esprit à tout sauf aux sensations merveilleuses sur sa peau. La chaleur du sauna réchauffait la pièce latérale dans laquelle ils se trouvaient au point qu'elle était à l'aise même si des gouttelettes continuaient de s'accrocher à sa peau.

Sa bouche suça son cou, lapant les gouttes d'eau errantes qui s'y trouvaient. Son sexe se serra, libérant de l'humidité alors que chaque coup de langue lui envoyait des frissons en elle, le désir montait, montait... Keil s'accroupit derrière elle, ses mains caressant une jambe.

Les petits mouvements circulaires la rendaient folle alors qu'il la taquinait, se rapprochant du cœur de sa chaleur et reculant sans la satisfaire.

— *Fais demi-tour, ma belle.*

Sa voix dans son esprit était profonde et sombre, comme un riche chocolat. Robyn aimait tellement le chocolat.

Sa voix intensifia les sensations.

Elle vit son regard plein d'envie.

Il inspira en tremblant, plongea son gant de toilette dans l'eau tiède qu'il avait à ses côtés, et le supplice reprit.

Il laissa ses yeux sur elle tout en lui lavant soigneusement les pieds avant de remonter le long de ses jambes. Elle lui caressa la tête, appréciant la sensation érotique de ses cheveux sous ses doigts.

Elle se pencha et desserra sa queue de cheval, peignant la tresse pour laisser les mèches foncées se déverser sur ses épaules en une fontaine de soie sombre.

Elle inspira brusquement. Il lécha ses lèvres et lui lança un regard assez chaud pour la faire fondre. Le tissu tomba, et Keil le souleva, toujours dégoulinant, pour toucher doucement ses plis. L'eau chaude coulait sur sa peau, glissant pour continuer le voyage le long de ses jambes en de lents ruisseaux.

Il laissa tomber le tissu sur le côté et utilisa ses deux mains pour l'ouvrir à son regard. Robyn frissonna au contact intime. Elle ferma les yeux seulement pour qu'ils s'ouvrent à la sensation de sa langue sur le petit nœud qu'elle exposait.

— *Ohhh.*

Sa langue douce glissait de haut en bas sur les côtés de son sexe. Chaque va-et-vient exerçait une pression sur son clitoris.

Tandis qu'une main la tenait ouverte, les doigts de l'autre s'enfonçaient plus bas. Keil explora son intimité, décrivant des cercles dans sa moiteur.

— *Oh, bébé, tu es tellement belle. Tu n'as peut-être jamais fait l'amour auparavant, mais ton corps sait quoi faire. Sens-tu à quel point tu es mouillée ? C'est ton corps qui te prépare pour moi. Tu es mouillée et chaude et...* sa langue descendit plus bas pour s'enfoncer en elle... *et oh-si-savoureuse.*

Robyn crut qu'elle allait s'effondrer. Elle trembla. Keil leva une de ses jambes et la plaça sur son épaule pour l'écarter davantage.

Il appuya sur son torse jusqu'à ce qu'elle s'appuie sur le mur de la douche, puis déplaça ses mains pour soutenir ses hanches.

Elle était à sa merci. Il augmenta le rythme, léchant et caressant chaque centimètre de son sexe, son souffle chaud sur sa peau. La tension en elle montait, de plus en plus proche d'exploser. Il glissa un doigt en elle, la caressant de l'intérieur comme de l'extérieur.

— *Est-ce que ça fait du bien ? Je veux que tu profites de ça.*

Robyn essaya d'utiliser son cerveau pour répondre, sans succès. Elle s'était liquéfiée en une bouillie chaude, et si elle ne faisait pas attention, elle allait glisser dans les égouts. Les picotements avaient été remplacés par des élans électriques capables d'alimenter tout un village et elle haletait suffisamment pour risquer l'hyperventilation.

Un deuxième doigt rejoignit le premier, et la sensation de plénitude contre la torture exquise de son clitoris l'envoya au-dessus d'une falaise dans une explosion qui la fit glisser. Soutenu seulement par ses mains et le mur derrière elle, son corps se contracta autour de ses doigts, la moiteur l'inondant alors que sa langue continuait à la laper avidement.

— *Hmm, tu n'as pas besoin de répondre. Je sais que tu as aimé ça. Tu es délicieuse.*

Il embrassa une ligne jusqu'à son nombril, puis la mit debout.

Il actionna le robinet et l'eau chaude de la douche glissa sur sa peau.

Des caresses douces et exquises sur son dos rincèrent le savon qu'il avait utilisé plus tôt.

Alors que l'eau s'arrêtait, Robyn ouvrit les yeux pour regarder son visage.

La chaleur et le besoin profond lui revenaient.

Keil la souleva pour la porter jusque dans le sauna, la porte ouverte derrière eux. Il s'assit sur le banc le plus large et l'installa sur ses genoux.

Sa tête bascula en arrière alors qu'il touchait un sein et abaissait sa bouche vers l'autre, lapant et tétant le bout jusqu'à ce qu'il durcisse en un pic.

Il reporta son attention de l'autre côté : chaque tiraillement envoya une autre vague de désir de son mamelon jusqu'à son entrejambe, la tension augmentait à mesure que le désir devenait plus fort.

Il sentait bon. Et encore meilleur.

Elle laissa ses doigts errer sur ses épaules et le long de son torse. Il faisait l'amour à ses seins. Les doigts dans les cheveux de Keil, elle sentit la connexion s'intensifier. Des vrilles d'émotion, non seulement de désir, mais aussi d'affection et d'amour, s'enroulaient autour d'elle.

Plus que du sexe. À l'évidence, ils faisaient l'amour.

Robyn leva la tête pour le regarder. Il se rassit et s'appuya contre le mur. Ses yeux étaient pleins d'émotion brute.

C'était trop... incroyable. Presque écrasant.

— *Est-ce que tu l'as ressenti ? C'était... waouh.*

— *Je l'ai senti. Waouh, c'est le bon mot. À ton tour. J'ai besoin que tu me touches.*

Il lui prit la main, la guidant vers l'endroit où son sexe se tenait rigide entre leurs corps. Il était si dur que son gland rebondi heurtait son ventre, une goutte annonciatrice perlant à son extrémité.

Elle le caressa doucement : du velours sur de l'acier.

Elle utilisa ses deux mains pour l'explorer, essayant de ne pas paniquer en voyant à quel point il était gros.

— *Hum, Keil ? Je pense que j'ai encore peur. Cette chose ne rentrera pas en moi. Pouah. J'ai déjà lu ça dans des histoires, et ça avait l'air stupide, mais sérieusement, tu es monté comme un putain de cheval.*

Le rire secoua son corps.

— *Dans toutes les histoires que tu as lues, est-ce que la « chose » convient ?*

— *Oui, mais...*

— *Pas de « mais ». Pas aujourd'hui.*

Ses mains fortes lui giflèrent les fesses.

— *Nous garderons cela pour une autre fois.*

— *Maintenant, tu me fais vraiment peur !*

Il s'allongea sur le banc et la fit chevaucher son corps, son sexe pressé le long de ses fesses. Ses mains continuaient de la caresser. Plonger et glisser sur son dos, ses seins, son ventre.

Chaque coup faisait monter sa température et des tremblements la saisissaient.

Il toucha son clitoris, décrivant de petits cercles le long des lèvres humides de son sexe jusqu'à la faire succomber à un autre orgasme.

Quand sa respiration revint presque à la normale, Keil décolla ses hanches et la soutint au bout de son membre, son gland humide frottant sans relâche ses petites lèvres.

— *Chevauche-moi. Va aussi lentement que tu le souhaites.*

Elle joignit sa main à la sienne alors qu'il dirigeait son sexe vers sa chaleur. Sa tendresse se reflétait dans ses yeux avec le besoin et le désir.

Elle appuya. Son membre humide l'étirait largement et l'excitation brouillait ses sens.

— *Je... pense que ça fait du bien.*

— *Un peu plus bébé. Je promets que ce sera génial.*

Ils bougeaient à peine, plus en avant et en arrière que de haut en bas, mais chaque minuscule mouvement de ses hanches alimentait le feu qui montait dans son ventre jusqu'à ce qu'elle vacille au lieu de zigzaguer.

Son sexe s'enfonça plus profondément, et la douleur traversa la brume du désir, et elle hésita.

— *Keil ?*

— *Penche-toi en avant et laisse-moi avoir ces belles lèvres pendant une minute.*

Sa bouche rencontra la sienne, et elle entremêla leurs langues, le laissant reprendre le contrôle de ses hanches alors qu'il continuait à se frotter contre elle.

Il passa la langue du coin de sa bouche à son cou, et son cerveau s'arrêta. Il téta sa peau puis mit les dents.

Un coup de hanches l'envoya à l'intérieur. Simultanément, il mordit son cou et le plaisir et la douleur conjointe des deux piercings traversèrent son corps, ses parois intérieures s'accrochant à sa bite, ses mains emmêlées dans ses cheveux.

— *Douce miséricorde, que m'as-tu fait ?*

La sensation de son corps dur sous ses mains, les battements de son cœur mêlés au plaisir qui la traversait toujours turent la douleur.

Lentement, il commença à bouger, tirant ses hanches assez haut, le bout de son sexe s'accrochait à son entrée, puis il l'inclina pour aller aussi profondément que possible.

Robyn se redressa pour regarder, une main pressée contre sa poitrine, une main entre eux deux.

Toute cette intimité lui fit tourner la tête.

Robyn accéléra le rythme de ses poussées, ayant besoin qu'il aille plus vite, qu'il aille plus loin. L'air du sauna autour d'eux semblait se refroidir tandis que leurs corps se réchauffaient, la passion devenant de plus en plus forte jusqu'à ce qu'elle atteigne son apogée une fois de plus. La semence de Keil était un véritable feu à l'intérieur de Robyn.

~

Il s'accrocha à elle, se tenant fermement jusqu'à ce que les tremblements s'atténuent.

Les membres emmêlés, la tête de Robyn reposant sur sa poitrine, Keil sentit la connexion s'opérer et s'installer dans son âme.

Sa compagne.

Il repoussa les mèches de son visage pour la regarder. Ses yeux brillants étaient à la fois perplexes et satisfaits.

Ses lèvres charnues étaient humides, et Keil se sentit durcir à l'idée de se pencher pour s'enfouir dans sa bouche.

Pas encore.

— *Comment vas-tu ?*

— *C'était... eh bien en fait, c'était incroyable. Si j'avais su que ça allait être aussi amusant, je l'aurais fait plus tôt.*

Un froncement de sourcils perturba son visage.

— *Keil ? Est-ce que tu grognes contre moi ? Je peux sentir les vibrations.*

Il repoussa la colère qui l'avait traversé à l'idée que quelqu'un la touche.

— *Désolé, amour, c'est sous contrôle maintenant. Et si l'on y retournait ? Ou essayons d'autres choses ?*

— *Pas par-derrière, loup-garou. N'y va pas. Que*

devrions-nous faire à propos de TJ ? Il est assis au chalet tout seul.

Il la souleva et la ramena à la douche, rinçant les traces de leurs ébats sur ses membres. Il ne put s'empêcher de caresser délicatement son sexe, l'embrasant à nouveau.

— En fait, TJ n'est plus au chalet. Je lui ai dit de rentrer. Il ne pourra peut-être pas skier tout seul, mais comme ce garçon idiot a perdu tout son équipement dans l'accident, il devra quand même rentrer chez lui en loup. Nous le rencontrerons à Haines Junction dans l'appartement que possède la meute. Le chalet est à nous. Bienvenue dans notre suite de lune de miel !

Robyn lui toucha la joue et l'entraîna dans la cabine de douche avec elle. Elle ramassa le gant pour lui laver la poitrine, taquinant sa joyeuse piste et faisant se transformer son esprit en bouillie.

— C'est la meilleure nouvelle que j'ai entendue depuis un moment. Keil ?

Il avait fermé les yeux. Ses doigts glissaient sur son membre, une main sous ses bourses et l'autre sur la peau sensible de son gland.

— Oui ?

— C'est adapté. Ça me va très bien.

8

———

Keil réussit à garder une main sur elle alors qu'il finissait de ramasser le reste des nouilles dans la marmite.

Il n'était jamais loin. Il la touchait constamment. Au cours des trois derniers jours, ils avaient fait l'amour dans le sauna, dans la hutte, et avaient même profité d'un beau clair de lune sous le porche.

Une nuit, il avait mangé un morceau de gâteau au fromage sur son ventre, puis avait commencé à lécher chaque centimètre de son corps avant de l'emmener, tremblante, dans la hutte de douche.

Quand ils ne faisaient pas l'amour, ils skiaient, construisaient un fort de neige et parlaient de tout pendant des heures.

Robyn n'arrivait pas à décider si elle préférait parler ou aimer. Être avec Keil était incroyable. Il y avait certainement des avantages à ce truc de compagnon.

— *Ce n'est que mardi, mais je pense que nous devrions skier demain comme TJ et moi l'avions prévu. Il y a beaucoup de choses à faire avant samedi.*

Elle hocha la tête avec hésitation.

— *Quoi, petit oiseau ?*

Elle pressa ses lèvres contre sa joue.

— *Je ne veux pas encore rentrer à la maison. C'est la lune de miel la plus courte jamais enregistrée.*

— *Oh, la lune de miel n'est pas terminée, ma chérie. Nous devrons retarder le reste jusqu'à après...*

Il s'interrompit, son corps tendu à côté du sien.

Robyn se leva pour ranger la vaisselle, luttant pour retenir ses larmes.

Le défi de la meute. Elle comprit de leurs entretiens que cela devait arriver, mais elle n'était pas encore prête à le partager avec les autres.

Il la fit pivoter pour lui faire face, parla dans son esprit, une douce caresse d'amour accompagnant ses mots.

— *Ce n'est pas comme ça que j'aurais choisi de faire de toi ma compagne, en t'obligeant à des changements si rapidement. Mais nous avions besoin l'un de l'autre. J'avais besoin de toi. Je ne m'excuserai pas de profiter du fait que l'on s'est trouvés ni de t'aimer.*

Son cœur battait fort à sa déclaration d'amour.

— *Oh, Keil !*

— *Tu vas connaître ta première pleine lune en tant que loup samedi, et le défi n'est que dimanche. Reviens à Haines avec moi. Je vais te présenter les membres de la meute qui me soutiennent. Je gagnerai le défi. Surtout maintenant que je t'ai. Crois-moi.*

— *Je te fais confiance, mais je ne peux pas aller à Haines. Je suis censée téléphoner à mon frère aujourd'hui, car il prévoit de me rencontrer samedi au début du sentier. Je dois lui signaler s'il y a des changements, et cela va être difficile à expliquer. Oh, misère.*

Il parut dubitatif pendant une minute.

— *Tu as dit que tu avais un téléphone satellite. Comment avais-tu prévu de l'utiliser ? Tu ne peux pas entendre.*

— *Textos.*

— *Sur un téléphone satellite ?*

— *La technologie n'est-elle pas géniale ?*

— *Je ne veux pas savoir combien cela coûte par message. Puis-je parler à ton frère pour toi ?*

Robyn réfléchit. Tad était du genre à s'inquiéter, mais il savait aussi quand se retirer. Elle pensait que Keil serait capable d'en parler avec son frère.

Cela pouvait cependant prendre un certain temps.

— *Seulement si tu prévois de payer les frais.*

— *Tu es radine ?*

— *Une vraie grippe-sou.*

Il l'attira pour un baiser, le genre de baiser qui faisait friser ses orteils et accélérer son rythme cardiaque.

Juste au moment où cela devenait intéressant, il s'interrompit.

— *Merde, tu deviens de plus en plus savoureuse. Je ferais mieux de passer cet appel avant d'être trop distrait. Quel est le numéro ?*

Elle sortit le téléphone et lui tendit l'une des cartes de visite de Tad qu'elle gardait avec elle.

Keil s'étouffa pendant une seconde avant d'afficher un grand sourire.

Qu'est-ce que ce foutu loup faisait ? L'expression dans ses yeux était bien trop espiègle.

Il relia l'appel puis se rassit pour parler, s'assurant qu'elle pouvait voir ses lèvres.

— Salut Tad, ici Keil Lynus. Comment vas-tu, mon gars ?

Il lui fit un clin d'œil et un signal d'avertissement se fit dans son cerveau. Quelque chose puait.

— Non, TJ n'a pas besoin d'être secouru, nous l'avons déjà déterré... Je sais, c'est un emmerdeur de première. J'ai besoin de quelque chose... Elle va bien. En fait, Robyn et moi sommes compagnons, et j'étais...

Elle le regarda en état de choc. Comment a-t-il pu le balancer comme ça à Tad ? Son frère devait flipper. Elle tapa l'épaule de Keil dans l'espoir de lui prendre le téléphone.

— Attends, Tad, elle ne tient plus en place. Je pense qu'elle a peur que tu aies une crise cardiaque ou quelque chose comme ça. Tu veux lui parler ?

D'un violent coup sec, elle lui vola le téléphone pour vérifier l'écran. Peut-être qu'il n'avait appelé personne et que c'était une blague.

Mais il y avait un message sur l'écran.

Tad : *Félicitations, sœurette, Keil est génial. Je suis content pour toi.*

Sa mâchoire lui en tomba. Elle tapa rapidement : *tu connais Keil ? Tu sais ce qu'il est ?*

Tad : *Oui. Loup. Tu travailles vite, sœurette.*

Robyn : *Tu es mort la prochaine fois que je te vois.*

Tad : *Je t'adore O SI*

Robyn : *Idiot*

Keil retira le téléphone, dit « bonjour » et s'arrêta pour écouter pendant une minute.

— Eh bien, merci. C'était une surprise, mais elle est incroyable, Tad. Hé, il y a un événement intéressant ce week-end si vous souhaitez nous rejoindre. La première pleine lune de Robyn aura lieu samedi... Bien sûr, vous pouvez venir ! Vous êtes de la famille, même si vous n'êtes pas encore déclenchés... Je sais, Tad.

Keil roula des yeux.

— Ça arrivera un jour, mec. Je te laisse. Robyn me fait payer cet appel... Bien sûr que je peux me le permettre, mais pourquoi voudrais-je passer plus de temps à te parler quand je peux être avec ma compagne ?

Elle lutta pour contrôler sa respiration alors que Keil raccrochait et rangeait le téléphone. Son sourire narquois était insoutenable et elle cogna sur son bras.

— *Hé, qu'est-ce que c'était ? Je pensais que ça s'était bien passé. Tad pourra même nous rejoindre pour la pleine lune. Super, hein ?*

— *Tu es un idiot ! Tu ne m'as jamais dit que tu connaissais mon frère. Comment te connaît-il, et comment se fait-il qu'il ait su que tu étais un loup, et...*

Il enroula ses bras autour d'elle et la souleva en dépit de ses protestations.

Robyn fulmina. Keil connaissait Tad depuis le début. Cela signifiait que Tad connaissait les loups-garous et ne lui avait jamais rien dit sur le fait qu'elle en était une.

Bon sang ! C'était probablement le « grand secret » qu'il n'arrêtait pas d'essayer de lui dire.

Ils étaient tous les deux morts.

Keil l'allongea sur le couchage et recouvrit son corps du sien, l'empêchant de s'éloigner. Le frisson qu'elle ressentait l'empêchait de lui donner un coup de pied aux rotules.

— *Dis-moi ce qui se passe, ou je serai obligé de te faire du mal.*

— *Tu ne me ferais jamais de mal.*

— *Ah oui ? As-tu déjà mangé une barre granola avec du laxatif ? Je peux arranger ça.*

Il rit et roula sur le côté, passant une main sur son corps pendant qu'il parlait.

— Je n'ai pas fait le lien quand tu as dit que tu étais une

Maxwell. Tu m'as dit que tu avais un frère, mais tu ne m'as jamais dit son nom.

Robyn ouvrit la bouche pour protester puis se figea.

— *Mince. En es-tu sûr ?*

Il acquiesça.

— J'aurais reconnu le nom. Je connais Tad de mon activité de guide. Il nous emmène tout le temps en voyage. Il m'a dit qu'il avait une sœur, mais pas qu'elle était sourde. Il a découvert que nous étions des loups lors d'un voyage lorsque TJ a fait l'un de ses tours Houdini pas si étonnants.

— Je vais le tuer ! annonça-t-elle.

— Ton frère est un loup métis, encore non déclenché. On a deviné que c'était ton grand-père qui lui avait donné les gènes. Si tu te poses la question, oui, il savait que tu étais un loup.

Elle se raidit.

— Hé, penses-y de cette façon. Il ne peut pas changer tant qu'il n'est pas déclenché, et c'est compliqué pour un métis mâle. Te parler des loups-garous n'allait pas fonctionner, car il n'avait aucune preuve. Il pensait probablement que ton compagnon serait quelqu'un de l'une des meutes de Whitehorse.

— *Est-ce pour cela qu'il m'a présenté tous ces différents « clients » au fil des ans ? Étaient-ils tous des loups ?*

— Peut-être. Il avait de bonnes intentions, souviens-toi de cela avant de lui trancher la gorge, ma coquine vengeresse.

Il glissa ses mains sur elle dans un élan de possessivité.

— *Comme c'est notre dernière nuit ici, je vote pour que nous en profitions. Le dîner était super, mais je veux mon dessert.*

Il ouvrit sa chemise et enfouit sa tête dans ses seins, se

frottant sur sa poitrine comme s'il se peignait avec son parfum.

— *Tu ne peux pas le savoir, mais tu sens incroyablement bon. Ça a à voir avec le fait d'être récemment déclenchée ainsi que d'être ma compagne, mais tes phéromones n'y sont pour rien en ce moment.*

Il la lécha entre ses seins jusqu'à ce qu'il atteigne ses lèvres et commence à jouer avec sa bouche avec de doux pincements et baisers.

— *TJ a dit que cela pourrait être un problème avec la meute. Que tous les gars seraient attirés par moi.*

Keil recula et la regarda pendant une seconde.

— Il a raison, je n'y ai jamais pensé. Je veux dire, ton odeur est marquée comme la mienne, c'est notre odeur, mais en tant que pur-sang jusqu'à ta première pleine lune, tu lâches des hormones tueuses.

Il passa un doigt le long de son corps, encerclant ses seins.

— Je ferai attention à qui je te présente. Seuls les couples accouplés et les femelles jusqu'à après le week-end. Tu es trop belle. Sinon, je me battrais contre tout le monde pour toi.

— *Vous les loups, vous aimez vous battre.*

— *Cela passe le temps et nous tient chaud. Il fait froid en Alaska.*

Robyn attrapa sa main là où elle la taquinait et la poussa plus loin le long de son corps jusqu'à ce que ses doigts puissants trouvent son intimité. Elle leva ses hanches vers le haut, l'encourageant à explorer.

— *Il fait froid au Yukon aussi, mais je connais bien d'autres façons de rester au chaud. Cheminées, jacuzzi...*

— *... des saunas, des lits. J'ai hâte de tous les essayer avec toi.*

Keil sortit sa langue pour humidifier le bout de son mamelon. Le corps de Robyn réagit et son mamelon se durcit.

Son sourire satisfait lui réchauffa le cœur. Il ne se contenta pas de suivre les mouvements. Il semblait aimer la toucher et elle se sentait merveilleusement bien.

Il souffla un de l'air frais sur sa poitrine, envoyant une bouffée de plaisir dans son ventre. Lentement, il aspira le bout dressé dans sa bouche, tirant fortement. Il continua avec un doux lèchement. Un pincement délicat avec ses dents.

L'alternance de tiraillements et de douces caresses augmentait la pression brûlante au plus profond de son cœur. Robyn massa les épaules de Keil, le tenant près de son corps.

Soudain, elle eut besoin de plus. Elle voulait le toucher, lui procurer autant de bien-être qu'il lui en donnait. Il avait été un amant si tendre ces derniers jours, mais il ne la laissait jamais prendre les choses en main.

— ... *oh putain, ça fait du bien. Je veux que tu te retournes. S'il te plaît ?*

Elle sentit son rire contre sa poitrine.

— *Tu vas quelque part, petit oiseau ?*

Sa bouche continua à se régaler et ils terminèrent dans un roulé-boulé.

Il la suçait toujours.

Robyn leva ses jambes pour chevaucher son corps solide. Elle éloigna sa poitrine loin de ses caresses.

Son expression perdue la fit sourire.

— *C'est bon, loup-garou, je ne vais nulle part sauf vers le bas.*

Elle lui fit un clin d'œil et commença son exploration.

Son corps était incroyable, et tout à elle. Il semblait

apprécier son contact là-bas autant qu'elle avait apprécié le sien.

Elle baissa la bouche pour lécher doucement le bout de son mamelon dressé.

Son corps sursauta. Oui, il aimait ça aussi. Robyn reproduisit son exemple et souffla. Une autre secousse corporelle suivit.

— Tu me tues...

Elle se déplaça plus au sud, chevauchant les tablettes de chocolat qui l'avaient impressionnée depuis leur première nuit ensemble, les bords nets et définis. Ses muscles anticipaient et se contractaient.

— S'il te plaît...

Robyn glissa entre ses cuisses. Elle s'arrêta, appuyée sur ses coudes, pour l'examiner dans toute sa gloire.

Son membre dressé la saluait, à quelques centimètres seulement. Le gland épais qui surmontait sa colonne rigide avait pris une teinte violet foncé.

Elle n'utilisait que le bout de sa langue.

— *Saint...*

Robyn jeta un coup d'œil vers ses yeux sombres. Elle aimait qu'il soit incapable de terminer ses phrases. Elle aimait la réaction de son corps à son contact. Elle devait faire quelque chose de bien.

Son corps dégageait une vive chaleur et l'odeur de sexe brut dans l'air la rendait folle. Elle sourit et, tout en maintenant le contact visuel, prit son membre dans sa bouche.

Ses yeux se révulsèrent et ses abdos se contractèrent encore plus, si tant est que ce soit possible.

Les deux premières fois, elle s'étouffa un peu lorsque son membre effleura le fond de sa gorge, mais plus sa bouche devenait humide, plus il était facile de glisser son manche entre ses lèvres alors qu'il devenait plus dur, plus épais.

Son excitation grandit aussi. Toucher Keil, lui faire plaisir comme ça l'excitait énormément, la rendait toute chose. Elle ferma les yeux et fredonna de plaisir.

— *Bon sang, ça suffit. Je ne gaspille pas ça.*

Ses bras puissants la soulevèrent et il la fit pivoter, finissant avec son corps pressé fortement contre son dos. Son sexe se nicha entre ses jambes, et Robyn leva instinctivement les bras pour soutenir son corps avant qu'il ne parvienne à toucher le matelas.

— *Je me régalais ! Je voulais que tu te sentes bien.*

— *Bébé, je me sens bien. Mais je ne veux pas jouir dans ta bouche ce soir. Je veux que ton corps chaud et serré m'enveloppe. Je veux te sentir autour de moi quand tu jouiras. Ce soir, c'est pour nous deux. Maintenant, écarte plus tes jambes.*

Il l'admira un instant.

— *Merde, tu es belle comme une fleur qui s'ouvre à moi.*

Ses doigts humides s'aventurèrent entre ses fesses.

— *Waouh, je ne suis pas sûre de ça.*

— *Chut. Je ne ferai rien que tu n'aimeras pas. Un jour, je vais te prendre par-derrière, mais pas aujourd'hui. Aujourd'hui, je vais te montrer quelque chose de spécial. Crois-moi.*

Ses mains étaient partout. Glissant sur ses seins, pinçant ses mamelons jusqu'à les changer en deux pointes douloureuses d'envie avant d'arriver sur son ventre et de se presser intimement contre son clitoris.

Un doigt glissa en elle, la caressa quelques fois puis se retira, la laissant vide. Puis il recommença.

Robyn essaya d'entrer en contact avec son corps.

— *Plus de taquineries. J'ai besoin de toi. S'il te plaît.*

Soudain, il était là, peau contre peau, son membre rigide et chaud trouvant son point G. Keil se pencha en avant et sa bouche s'accrocha à son épaule. Il la mordit fort. Il couvrit l'endroit où il l'avait marquée plus tôt, et alors qu'il la goûtait encore, un éclair la traversa et déclencha un orgasme qui secoua la hutte.

Et la montagne. Peut-être tout le territoire, mais elle pouvait se tromper là-dessus.

Puis il bondit et cela déclencha une autre explosion en elle à enregistrer sur l'échelle de Richter.

Merde, il était bon.

Il avait un rythme régulier, enfouissant toute sa longueur profondément en elle à chaque poussée, et ses bourses claquaient contre elle. Il tenait fermement ses hanches et les empoigna alors que sa vitesse augmentait.

— *Je te voulais comme ça depuis le début. Tu ne peux pas savoir à quel point ça m'excite de te voir devant moi pour mon plaisir, tes seins qui ballottent. Tu es si chaude et humide autour de moi. Tes fesses sont belles, lisses et prometteuses.*

Un doigt vint parcourir les nerfs sensibles de son anus, jouant juste à son entrée tandis qu'il continuait à aller et venir en elle.

Son corps était en surcharge. Elle n'était toujours pas redescendue de l'extase et tous les nerfs de son corps picotaient. Ses seins frottaient le sac de couchage chaque fois qu'il la pénétrait. Son membre semblait grossir alors que son doigt s'enfonçait encore plus loin entre ses fesses au rythme de ses coups de reins. La double pénétration la rendit plus humide que jamais alors que toutes les sensations atteignaient l'apogée. Les mouvements de va-et-vient incessants produisaient de la chaleur là où elle pensait qu'il n'y avait plus rien à brûler.

La main libre de Keil toucha son clitoris, et elle cria comme sous l'effet d'un feu de forêt consumant chaque centimètre de peau et de tissu.

Il s'enfonça en elle une dernière fois et elle sentit le flot de chaleur de son orgasme, la longueur rigide en elle saisie de spasmes alors que ses mains la caressaient.

Des heures plus tard, elle en était sûre, elle retrouva juste assez d'énergie pour aspirer une bouffée d'air. Son corps picotait de haut en bas, et elle devait admettre que la zone inférieure était un peu plus endolorie que le reste.

Il s'éloigna d'elle à contrecœur et elle regretta aussitôt son départ. Elle se reposa, essayant de reprendre son souffle, la tête baissée et les fesses en l'air, lorsqu'un gant doux et chaud glissa sur elle. Keil la nettoya avec une telle délicatesse qu'elle n'était même pas sûre qu'il soit réellement là.

Quand il eut terminé, il la garda contre lui devant le feu. Elle posa une main sur sa mâchoire et lui sourit. Ses yeux sombres regardaient vers le bas, la chaleur de la passion toujours présente avec autre chose, aussi. Quelque chose de doux et de profond, quelque chose d'éternel.

Robyn posa la tête contre son torse. Elle aurait juré entendre son cœur battre.

Pour elle.

Seulement pour elle.

9

———

Skier avec Keil était très agréable. Il n'emprunta pas la route droite pour descendre les collines, mais vira plutôt dans les arbres et fit des détours aussi souvent que possible.

Tout comme Robyn aimait le faire.

Habituellement, cela rendait Tad fou, mais voici que son compagnon faisait la même chose insensée. C'était génial et c'était très amusant d'avoir quelqu'un avec qui skier qui ne paniquait pas chaque fois qu'elle quittait la piste principale.

Ils atteignirent le niveau du deuxième lac après une heure. La petite cabane de chasseur proche du lac était en mauvais état, mais restait un endroit idéal pour s'arrêter pour une boisson chaude et une collation.

Ils remirent leur équipement dans leurs sacs et se préparèrent pour la traversée du lac à ski quand elle jeta ses bras autour de Keil et le serra fort. Elle était incroyablement heureuse de pouvoir parler avec lui. Le fait de devoir généralement utiliser le langage des signes et lire sur les lèvres rendait le voyage décousu, mais parce qu'elle était sa compagne, elle pouvait lui parler à tout moment.

Elle se demanda à quelle distance ils pouvaient être tout en continuant à s'entendre.

Il lui effleura le bras, visiblement amusé.

— *Quoi de neuf ?*

Inutile d'être timide à ce sujet.

— *J'aime être avec toi. J'aime pouvoir parler dans ton esprit et t'entendre dans le mien. J'adore skier avec toi.*

— *J'aime aussi skier avec toi. Surtout ce petit truc qu'on a de couiner de joie avant de skier sur des pentes escarpées !*

Robyn le heurta avec une boule de neige formée à la hâte.

— *Je ne couine pas.*

Son regard tomba sur son corps et la chaleur se diffusa entre eux.

— *Tu couines très certainement. Et fais toutes sortes d'autres bruits délicieux. Bon sang, je suis dur rien que d'y penser. Tu veux faire la folle ?*

Elle haussa un sourcil.

— *Il fait moins trois degrés dehors et nous sommes au milieu de la forêt. Refroidis ta bête.*

Le regard qu'il lui lança alors qu'il se penchait et s'ajustait promettait de graves et belles tortures dans un avenir proche.

— *Tu te rends compte à quel point ça va être dur de voyager comme ça ?*

— *Mets-lui un ski. Tu seras la chose la plus rapide sur trois jambes.*

Elle dansa loin de lui en riant et se prépara pour le voyage de deux heures à travers le lac.

Le manteau neigeux était magnifique. La neige dure

recouvrait la surface d'une couche suffisamment épaisse de poudre fraîche pour donner à leurs skis de quoi mordre.

Une fois de plus, Keil ouvrit la voie, établissant des pistes à suivre. Ils continuèrent à se parler facilement de tout et rien, sauf de la meute, du défi, de tout ce qui était controversé.

Robyn appréciait le rythme rapide, et elle fut déçue lorsqu'il ralentit, jetant un coup d'œil dans les arbres à leur droite.

— *Hé, tu te fatigues ou quoi ?*

— *Continue à skier, mais réduis ta vitesse. Garde tes yeux sur mon dos. Compris ?*

— *Non. Nous devons nous dépêcher, ou nous serons à Haines dans une semaine au lieu d'un jour.*

— *Est-ce que tu surveilles mes arrières ?*

Elle passa ses yeux sur le corps solide devant elle. Il était tout à elle, ça lui donnait faim.

— *Ton derrière. Cela compte-t-il ? Délicieux.*

— *Ravi de le savoir. Ne panique pas, mais je pense que nous sommes suivis. Je compte au moins quatre loups dans les arbres à côté de nous. Est-ce que tu me regardes toujours ?*

Un frisson l'envahit. Quelque chose n'allait vraiment pas, sinon il se serait simplement arrêté et aurait fait face aux loups.

— *Je te surveille. Que se passe-t-il ?*

— *Je pense que quelqu'un essaie de faire un truc rapide. Si l'autre combattant au poste d'Alpha peut me sortir à l'avance, il prendra le contrôle. Ils doivent penser que tu es TJ. Les gens savaient qu'il allait à Granite Lake avec moi.*

— *Beurk, quelle insulte ! Ne l'ont-ils jamais vu skier ?*

Son indignation s'évanouit, car elle prit ses paroles en considération.

— *Attends, qu'est-ce que tu veux dire par « te sortir » ? Vont-ils nous attaquer ?*

Keil continua à skier, Robyn réduisant l'écart entre eux, son rythme ralentissait.

Elle jeta quelques coups d'œil furtifs vers les arbres et repéra quelques-uns des loups qui s'élançaient à l'intérieur et à l'extérieur de la lisière des arbres.

— *Oui, ils vont attaquer.*

Son compagnon réussit d'une manière ou d'une autre à paraître rassurant dans son esprit.

— *Écoute. Ils ne savent pas que nous sommes accouplés, ce qui signifie qu'ils ne savent pas que nous pouvons parler comme ça. C'est à notre avantage. Si Jack faisait cela correctement, il s'approcherait de moi, et ses seconds resteraient en retrait. Je doute que Jack ait l'intention d'obéir à l'une des règles.*

— *Bâtards.*

Elle était effrayée, mais aussi énervée.

— *S'ils pensent que tu es TJ, ils vont supposer que tu te battras comme lui.*

Keil marqua une pause.

— *Même s'il est maladroit et agaçant, TJ est un loup coriace. Je suppose qu'ils vont mettre deux loups après toi.*

— *Deux loups ? Ce n'est pas de chance, mais si nous restons ensemble...*

— *Je le veux, mais nous ne survivrions jamais de cette façon. Quatre contre deux, ça signifie qu'il peut y avoir aussi trois contre un, et même moi, je ne peux pas en combattre autant à la fois sans me blesser. Cette pensée me tue, mais je vais devoir te quitter un moment.*

Keil se dépêcha.

— *Je vais attaquer les deux qui me poursuivent, en retirer au moins un de la scène, puis te rejoindre. Je t'ai parlé de la société des loups et du classement. Tu es assez forte pour les retenir.*

Ils skièrent un peu plus loin et Robyn luttait contre sa panique.

Il allait la quitter et laisser deux loups l'attaquer.

Non, ce n'était pas vrai. Il allait lui faire confiance pour se défendre jusqu'à ce qu'il puisse revenir et les sauver tous les deux.

Cela sonnait mieux. Même si ça lui donnait encore envie de faire pipi dans son pantalon.

— *Juste à ce virage, le vent souffle généralement la neige du lac. Sur la glace, tu pourras te défendre. Nous skierons jusqu'à ce que nous y arrivions.*

Elle ne savait pas si elle voulait que le ski se termine ou s'éternise.

Finalement, Keil leva une main comme s'il désignait une aire de repos.

Il défit ses vêtements tout en se cachant de la vue derrière son corps. Une lueur dangereuse éclaira ses yeux, et une impression de puissance s'échappa de lui. Ils étaient peut-être dans une situation difficile, mais il n'allait pas être une cible aussi facile que les autres l'imaginaient.

— *Protège ta gorge, lui dit-il. S'ils sont assez près pour te toucher la gorge, je veux que tu leur enfonces ton bras dans la gueule. Ils pourront toujours le casser, et ça fera très mal, mais ton loup peut guérir un bras cassé. Tu ne peux pas faire repousser une gorge.*

Robyn le regarda bouche bée.

— *Je t'aime aussi, mon cœur. Tu emmènes ta copine aux rendez-vous les plus romantiques, n'est-ce pas ? Un autre conseil pour moi, Cujo ?*

Keil afficha un sourire.

— *Rappelle-toi simplement que donner un coup de pied à un loup dans les noix fait autant mal qu'à un humain.*

— *Bon à savoir. Alors, ne m'énerve plus, d'accord ? Qu'attends-tu de moi, à part rester debout ?*

Son sourire en réponse la rassura plus qu'il n'aurait dû compte tenu du fait que des loups avaient pour mission de traverser la neige pour essayer de la tuer.

— *Je m'attends à ce que tu utilises tes bâtons de ski, ton gros couteau et ton attitude de dur à cuire, et que tu bottes des fesses. Prête ?*

— *Tu es sexy quand tu es tout dur. Je suppose que s'ils pensent que je suis TJ, je ne devrais pas me pencher et planter un gros baiser sur ta joue maintenant, hmmm ?*

Keil rejeta la tête en arrière et éclata de rire. Ses bras s'étendirent et tandis qu'il gardait les yeux rivés sur la limite des arbres, il l'embrassa avec fougue.

— *Quelle merveilleuse idée. Maintenant, ils vont s'inquiéter de l'attaque sournoise et paniquer en nous regardant. Les voilà. Au fait, je t'aime.*

Ils écartèrent les mains. Keil se débarrassa de ses vêtements et se tourna vers son loup. Un instant plus tard, sa forme de couleur gris argenté courait vers le plus proche des loups sur la gauche. Il vola à travers la neige, et elle applaudit intérieurement. Son corps énorme heurta le premier loup plus petit et le renversa.

Ensuite, elle ne put plus suivre le match parce que les loups à droite s'étaient rapprochés d'elle.

Elle se tourna et s'accroupit, s'assurant qu'elle tenait fermement son couteau. Son sac était couché sur le côté et elle nota mentalement sa position pour éviter de trébucher.

— *Bon sang, tu dois des excuses à TJ. Ils pensent évidemment qu'il est plus dur que tu ne le penses. Il y a trois loups qui viennent vers moi.*

— *Je sais. J'en ai trois aussi. Donne-moi une seconde. Essaie de les distraire.*

Robyn serra les dents. Les distraire ?

— *Quoi, tu veux que je fasse du french cancan, ou quelque chose comme ça ?*

La peur et la colère se battaient en elle. C'était déjà assez pénible de devoir gérer le combat de Keil ce week-end. Cela était au moins une tradition séculaire et impliquait d'être fair-play. Ceci n'était rien de plus qu'une attaque sournoise, lâche et bon marché.

Elle sortit la bombe anti-ours de sa poche où elle était rangée depuis le début du voyage. L'une des règles du Nord, c'était de ne jamais faire chier quiconque que vous ne pouviez raisonner.

Robyn était vraiment énervée.

Elle attendit que le premier loup soit à sa portée, puis se précipita vers lui en retenant son souffle et en aspergeant la bête de gaz poivré.

Une rafale de quatre secondes suffit à le faire hurler de douleur, et se gratter les yeux avec ses pattes. Il déserta le combat, enfouissant son visage dans la neige.

Laissant tomber son couteau et le spray anti-ours, Robyn se pencha pour attraper les sangles de son sac. Elle tourna en rond puis laissa le paquet voler vers le loup suivant, ce qui le fit tomber. L'assaillante récupéra rapidement son couteau au sol.

Le loup restant l'examinait, sa tête penchée sur le côté comme s'il réfléchissait intensément et qu'il était confus.

Un rapide coup d'œil à Keil lui fit savoir qu'il avait mis un loup au sol. Son énorme corps de loup argenté était connecté à un autre loup noir plus petit, et les deux roulaient dans la neige, se grattant le poitrail et le cou avec leurs griffes.

— *Continue, Robyn, je suis en route. Regarde le loup noir qui t'observe. C'est le frère de Jack, et c'est un méchant. L'autre loup essaiera de te distraire, mais surveille Dan.*

Dan était toujours au sol sous la meute, mais il avait levé la tête et reniflait l'air avec force. Il rejeta la tête en arrière et ouvrit grand la gueule, et elle supposa qu'il hurlait.

Keil jura.

— *Putain de merde ! Cours vers moi, MAINTENANT !*

Elle se retourna. Dan s'était remis sur pied et s'était précipité.

— *Je ne peux pas, il attaque. Qu'est-il arrivé ?*

— *Il sent que tu es ma compagne. Il l'a dit aux autres. Merde, j'en ai encore trois sur moi. Retiens-le, bébé, tu peux le faire ! Il ne te fera pas de mal.*

Robyn entendit sa colère jusque dans son esprit. Après le cri de Dan, l'autre loup qui était près d'elle partit et ils attaquèrent à nouveau Keil, trois contre un.

Elle sursauta, car Dan lui mordillait les jambes. Son coup de revers était trop lent. Ses yeux de loup se moquaient d'elle ; il l'éloignait de l'endroit où son compagnon continuait de se battre.

Keil était plus fort que n'importe lequel des loups autour de lui, mais ses agresseurs dansaient hors de portée de ses griffes et de ses dents.

— *Que font-ils ?*

— *Ils essaient de faire durer le combat. Me fatiguer avant même que Jack ne fasse une apparition.*

Robyn se déplaça vers Keil, essayant de réduire l'écart entre eux, mais elle fut frustrée à maintes reprises par les feintes de Dan. Elle ne vit pas à quelle distance des arbres elle était.

Puis elle le vit.

Merde.

Le nouveau loup était aussi gros que Keil, noir de la queue au nez, et il sortit des bois, droit vers elle, sans peur.

— *Keil, qui est ce connard ?*

Il risqua un rapide coup d'œil et elle sentit sa colère monter en flèche.

— *C'est le connard en chef lui-même. Jack.*

Elle ne pouvait pas garder les yeux sur Dan et Jack en même temps, et tout à coup, quelque chose percuta l'arrière de ses jambes et elle tomba, durement, sur la glace. Se balançant avec son bras, elle trancha fort avec son couteau et réussit à frapper la viande cette fois. Seul son bras s'engourdit et la lame vola de ses doigts alors que son coude cogna le sol à cause du poids de l'énorme patte avant de Jack.

Son cri de détresse atteignit Keil.

— *Robyn, j'arrive. Frappe-le sur le nez, donne-lui un coup de pied. Combats-le.*

Elle essaya de ne pas paniquer. Le corps massif de Jack gisait sur elle, la clouant au sol.

Il renifla le long de son oreille.

— *Je ne peux pas bouger. Il est contre ma gorge et il m'a coincé les bras. Il doit peser deux cent cinquante kilos, et oh, ma parole, c'est dégueulasse.*

— *Je suis presque là. Qu'est-ce qu'il a fait ?*

— *Il m'a léché le cou. Beurk, il pue !*

Robyn s'efforça de relever ses jambes pour relier ses pieds à n'importe quelle partie de l'anatomie de Jack. Il continua à se blottir le long de sa gorge, sa langue la lapant occasionnellement en même temps qu'elle se débattait.

Il n'essayait pas de la blesser, mais le poids de son corps expulsait l'air de ses poumons. Entre ça et son haleine, elle s'étourdissait par manque d'oxygène.

Soudain, Keil était là, son corps massif heurtant le côté

du corps de Jack, et les deux volèrent au-dessus d'elle et roulèrent vers les arbres décharnés.

Des dents cliquetèrent. Jack ne se retenait plus comme il l'avait fait avec Robyn. La fureur de l'attaque, la vitesse du balancement des griffes, la fit haleter d'horreur.

De la fourrure vola littéralement.

Même après avoir combattu les autres loups, Keil était clairement plus fort. Ses pattes massives se précipitèrent sur la surface glacée alors qu'il forçait bientôt Jack à se mettre sur le dos.

Un instant plus tard, Keil mit ses dents contre la gorge de Jack, plaçant ses griffes acérées comme des rasoirs sur le ventre de son adversaire.

Il se figea en position.

Dans l'attente.

Robyn rampa comme un crabe loin de leur combat, hypnotisée. Elle prit lentement conscience que pendant qu'elle avait attendu à proximité, les autres loups encore debout l'avaient encerclée.

— *Oh, merde.*

— *Ils ne te toucheront pas. J'ai leur chef coincé dans une emprise mortelle. Physiquement, il est vaincu et reconnaît ma supériorité.*

Les loups l'encerclèrent lentement, faisant de petits mouvements brusques dans sa direction, se rapprochant à chaque rotation.

— *Tu es sûr qu'ils le savent ? Parce qu'ils me font flipper.*

La mâchoire de Keil bougea et elle supposa qu'il parlait à Jack. Le loup noir rejeta la tête en arrière.

— *Hum, Robyn ? Léger problème. Tu te souviens de TJ qui t'a dit que le fait d'être déclenchée te faisait sentir un peu intéressante en ce moment ?*

Elle esquiva un autre loup qui s'était rapproché pour tenter de l'effleurer.

— *Es-tu en train de me dire que ces abrutis craquent pour moi ?*

— *Oui. Nous devons les convaincre que tu es déjà prise. Y compris Jack, qui vient de faire un commentaire sur ton bon goût, d'ailleurs.*

Les quatre loups encerclant Robyn se retournèrent et commencèrent à se faufiler vers Keil. La queue basse, les dents découvertes, il était clair qu'ils prévoyaient de reprendre l'attaque.

Il pressa sa patte plus fermement sur le ventre de Jack, mais il n'y avait aucun moyen qu'il puisse se défendre sans libérer son captif.

— *Appelle-les ! ordonna-t-il.*

Elle courut vers l'un des loups les plus proches et lui donna un coup de pied dans le flanc. Il s'éloigna simplement et continua sa route vers Keil.

Désespérée, elle essaya d'atteindre son compagnon, ignorant les battements de son cœur alors qu'elle se précipitait au milieu de six grands loups.

Les mâles l'évitaient, concentrés sur leur cible.

— *Ils ne font pas attention. Je n'ai plus d'arme.*

— *Appelle-les simplement. Tu as une voix puissante, et nous sommes très proches. C'est notre seule chance. Fais-le, maintenant !*

Se jetant contre lui, elle cria :

— *Arrête. Laisse-le.*

Tous les loups se figèrent.

Zut, c'était comme si le monde entier s'était arrêté. Un vent faible effleura sa peau, mais rien d'autre ne bougea. Les bêtes à fourrure rassemblées autour d'eux semblaient à peine respirer.

Robyn n'était pas sûre de ce qui venait de se passer.

Keil ajusta sa position, retirant lentement sa patte et s'éloignant de Jack.

Il s'enfuit, revenant rapidement avec ses vêtements et son couteau. Il avait une expression extrêmement heureuse sur son visage de loup.

— *Tu es tellement belle. Et cette voix... mm, mm bien.*

Il se déplaça et s'habilla tout en parlant, avant de l'attraper et de prolonger le baiser qu'il avait commencé avant l'attaque.

Était-il fou ?

— *Bonjour ! D'étranges loups rôdant dans notre dos attendant de nous tuer, tu te souviens ?*

Avec un dernier pincement doux sur sa lèvre inférieure, il s'écarta à contrecœur.

— *Tu es tellement sexy quand tu prends cette voix d'Alpha. Les chiots derrière nous, regarde.*

Robyn se retourna lentement.

Tous les loups étaient couchés à plat ventre dans la neige. Quand ils regardèrent dans leur direction, ils abaissèrent leurs museaux et couvrirent leurs yeux avec leurs pattes avant.

Jack, ensanglanté par l'attaque de Keil, rampa en avant sur son ventre jusqu'à leurs pieds. Ses yeux sombres allaient et venaient entre eux, puis il roula lentement sur le dos, exposant sa gorge.

Keil parla à voix haute pour que les attaquants puissent l'entendre.

— Allons-nous les tuer ?

Elle était un peu choquée que l'idée ne la repousse pas instantanément. Le fait d'être un loup avait clairement fait ressortir la partie assoiffée de sang de son âme.

Pourtant, il y avait d'autres choses à considérer.

— *Le défi est-il toujours d'actualité pour dimanche, ou ton concurrent vient-il de se disqualifier ?*

— Oh, Jack est hors de tout défi pour Alpha. En fait, d'après la façon dont ils ont répondu à ta voix, je dirais que tu as montré que nous avons désormais un pouvoir total sur tous les fauteurs de troubles rebelles.

Elle tomba à genoux, tirant brusquement sur l'oreille de Jack, son couteau près de sa gorge.

— *Attention, bébé. Réfléchis, avertit Keil.*

Il était si gentil, à essayer de la protéger. Dans ce cas, elle pensa au plan parfait pour se venger.

Les salauds avaient interrompu sa lune de miel, après tout. Une petite revanche s'imposait.

— *Oh, je sais exactement ce que je veux faire. Je n'ai qu'une chose à leur dire.*

Un faible bourdonnement amusé lui parvint. L'équivalent mental d'un petit rire ?

— Vas-y. Je te fais confiance.

Robyn se pencha plus près de l'oreille qu'elle tenait fermement et parla clairement :

— Hé, connard ! Changement.

10

———

ELLE les a VRAIMENT fait bouger ?

TJ, Tad et quelques autres amis proches de Keil étaient assis ensemble dans l'une des pièces latérales du hall en attendant que Robyn apparaisse. Elle se préparait toujours pour leur entrée en tant que nouveaux Alphas pour la meute et sa première pleine lune.

— Oh, non seulement cela, mais elle les a aussi fait se tenir debout et se présenter. Fesses nues dans le froid. Ensuite, ils ont dû s'excuser auprès de nous deux pour avoir « perturbé la sérénité de notre lune de miel ».

Il regarda anxieusement la porte des toilettes pour dames, ajustant à nouveau le médaillon autour de son cou. Si elle ne se montrait pas bientôt, il irait la chercher.

— Je pensais que Jack allait se faire éclater une veine lorsqu'elle a suggéré qu'il pourrait envisager d'acheter l'un des amplificateurs de pénis dont ils font la publicité en ligne.

Tad s'étouffa avec son verre.

— Ma sœur ?

Keil échangea des regards complices avec TJ.

— Oh oui. Elle est incroyable. Ne l'énerve pas plus que d'habitude. Maintenant qu'elle est loup, on doit la prendre avec des gants.

Tad se rassit et déglutit avec peine.

Keil lui sourit.

— Attends qu'elle commence à te commander.

— *Est-ce que tu m'attires des ennuis ?*

Il se tourna vers la porte, impatient qu'elle arrive.

— *Bien sûr que non. Tu peux t'attirer des ennuis toute seule une fois que tu es ici. Prévois-tu d'arriver bientôt ?*

Des bruits de bousculade de l'autre côté de la porte le rendaient plus optimiste que ses mots.

— *Écoute, Monsieur grand et costaud, tu m'as seulement dit ce soir qu'il y aurait des coups impliqués dans cette fête. J'ai dû faire un peu plus de toilettage que d'habitude. Es-tu sûr que je dois me mettre à poil ?*

La porte s'ouvrit et Robyn entra, vêtue de la traditionnelle robe bleu pâle de la femelle Alpha. Ses cheveux tombaient sur ses épaules et ses yeux semblaient briller sous la lune. Argent et or, magique.

Le cœur de Keil se leva et il s'étrangla. L'odeur de son loup était prégnante à mesure que la lune se rapprochait.

Il l'avait attendue toute sa vie.

— Oh oui. Tu dois absolument te mettre nue.

Il releva la capuche de sa robe, la douce fourrure blanche autour du bord révélant sa peau à la perfection.

Elle montra le bord poilu avec une expression amusée.

— *La fausse fourrure c'est une blague, compte tenu de ce que nous sommes.*

— Quand il était petit, j'avais convaincu TJ que c'était le grand-père Stephen.

Elle éclata de rire, attirant des sourires dans la foule qui attendait derrière eux.

Puis leurs yeux se rencontrèrent à nouveau, la chaleur augmentant rapidement. Le désir les envahit tous les deux alors qu'ils se regardaient, le reste des personnes dans la pièce oublié.

— Beurk.

TJ fit semblant d'insérer son doigt dans sa gorge. Il se glissa devant Robyn et l'embrassa sur la joue.

— Bien que je sois content que tu sois ma belle-sœur et mon Alpha, peux-tu essayer de te contenir jusque devant la meute ?

Son visage devint livide alors qu'elle se retournait pour jeter un regard noir à Keil.

— *Y a-t-il un petit détail insignifiant dont vous auriez oublié de m'informer ?*

Il haussa les épaules et lui lança un regard pour lui faire savoir à quel point il la désirait.

— Cela m'a peut-être échappé. Cela ne te dérangera pas, nous serons des loups. Il est temps de partir.

Keil lui tendit le bras pour la conduire au clair de lune de la clairière.

Robyn fit une pause pendant une seconde, et il pria qu'elle ne s'en prenne pas à lui.

Secouant la tête, elle posa une main sur son coude et passa la porte du hall principal avec un air majestueux, avec lui à son bras.

— Je dois faire quelque chose de spécial pour toi. Une surprise, puisque tu les aimes visiblement. Oh, je sais. Je vais te faire un gros lot de brownies demain. Juste pour toi. Avec des ingrédients « spéciaux ».

Elle se pencha et l'embrassa sur la joue, puis murmura à son oreille.

— Et tu vas tous les manger.

Keil les arrêta un instant. Ils approchaient du centre du

rassemblement. Il la regarda dans les yeux, observant une lueur de malice prendre le dessus sur la colère.

Elle était incroyable, sa compagne. Juste ce dont il avait besoin dans sa vie, et exactement ce dont la meute avait besoin aussi.

Il lâcha son bras et lui fit face. Croisant soigneusement ses mains sur son cœur, il baissa la tête.

— Je t'aime, Robyn. Allons-nous devenir Alpha ?

— Avec toi, je veux bien n'importe quoi.

— Bon. Tu peux partager les brownies.

La cérémonie se déroula bien, si l'on oubliait les rituels exagérés et hors du commun.

Jusqu'au moment où ils firent une petite promenade autour des membres de la meute et récitèrent une chansonnette sur le fait d'être là pour le bien-être de toute la meute, elle vit le scepticisme sur quelques visages.

Elle n'était pas fâchée contre les retardataires qui se demandaient toujours si elle était vraiment assez forte pour faire le travail que Keil eût si hardiment proclamé être le sien.

Robyn avait passé sa vie à regarder les autres, elle examinait les visages autour d'eux alors qu'elle marchait bras dessus bras dessous avec Keil. C'était sa dernière chance de décider si elle voulait vraiment faire ça.

Eh bien, le truc de compagnon avec M. Sexy était une évidence, mais tout le travail d'Alpha n'était pas à son agenda il y a une semaine.

Pourtant, plus elle y réfléchissait, plus toute cette situation folle lui semblait juste. Les quelques hésitants de la meute étaient de loin en infériorité numérique. Grâce à l'acceptation et la curiosité de chacun d'eux, elle sentit quelque chose qui facilita sa décision.

Lien. Appartenance.

Même les loups qui s'inquiétaient de la nouvelle venue parmi eux l'avaient acceptée comme l'un d'entre eux — et au fur et à mesure que la cérémonie se poursuivait, cela se confirmait.

Finalement, Keil la conduisit au milieu de la pièce et ils se tournèrent ensemble vers la foule rassemblée. Les visages devant elle étaient différents, ils commençaient leur métamorphose. Ils étaient à la fois humains et animaux, c'était tout à fait unique.

Entièrement à elle. Les leurs.

Elle resserra sa prise sur ses doigts et examina le sac de plus près. Un étrange sentiment de savoir flottait autour d'elle. Cette femme, elle s'inquiétait d'un entretien d'embauche qui avait lieu le lendemain. Cet homme, il avait dû punir son fils adolescent, et maintenant il pensait à des moyens de reconstruire leur relation pour qu'elle soit plus forte, plus solidaire...

Chaque visage racontait une histoire. Pas leurs secrets intimes, Robyn sentait qu'elle pourrait creuser plus profondément si elle voulait les découvrir, mais les joies et les préoccupations actuelles de tous étaient là pour être observées, et elle sut instinctivement comment les aider à passer à l'étape suivante.

Ouah. Cet engagement était réel.

Le ciel au-dessus s'éclaircit, une interruption dans les nuages laissant apercevoir le clair de lune. Il atterrit dans un cercle presque parfait à moins de trois cents mètres de l'endroit où ils se trouvaient. La lumière se dirigeait lentement vers eux, comme un projecteur mettant en valeur l'estrade où la royauté loup apparaissait en état devant les roturiers…

Hmmm, non. Elle n'avait certainement pas prévu d'être La Reine des chiens. Euh, loups. Peu importe.

— *Je suis content que tu t'amuses*, la taquina Keil, la voix caressant son esprit.

Elle lui jeta un coup d'œil, soudain frappée par de nouvelles pensées.

Son…

Amusement partagé. Bienveillance. Des moments passés à parler tard dans la nuit, à travailler pour la rendre heureuse. Construire une famille et construire une vie. Sexe…

Oups, cette dernière pensée avait beaucoup de pouvoir, et elle rougit.

— Que se passe-t-il après ?

Il haussa les sourcils.

— Tu sais.

Oh, non. Toute cette histoire de « sexe devant la meute » ne pouvait arriver. Pas sous sa garde.

Robyn ouvrit la bouche pour le lui dire lorsque le clair de lune les frappa et que le monde se déplaça de trois cents mètres vers la gauche.

La lumière s'intensifia. Les ombres s'estompèrent tandis que sa vision s'affinait. Les odeurs devinrent plus épaisses, plus fortes. Des images dansaient dans sa tête et elle fit entrer de l'air par son nez.

C'était quoi, ça ? Cet arôme délicieux et distrayant ?

Elle renifla plus fort. Sa peau réagit lorsqu'elle identifia l'animal et elle imagina en combien de temps elle pourrait le retrouver et…

— Robyn.

La saillie de Keil était amusante.

— *Nous sommes un peu occupés en ce moment. Tu pourrais peut-être arrêter de courir après les lapins pendant quelques heures.*

Oups.

Elle reporta son attention sur l'endroit où ils se trouvaient, c'est-à-dire dans un endroit qui scintillait. Elle leva les bras devant elle pour voir qu'elle brillait au clair de lune. Des picotements montaient et descendaient de sa colonne vertébrale, chaque respiration était enivrante.

— *Est-ce censé se produire ?*

Keil s'avança à côté d'elle, les yeux écarquillés d'admiration.

— Tu es parfaite.

Elle regarda de nouveau son visage plein d'amour. Elle s'arma de courage.

Ce n'était peut-être pas acceptable, mais elle le fit quand même.

Robyn leva les bras. Elle soupira et lui dit les mots à haute voix et dans sa tête. Elle fit preuve d'une grande honnêteté, en partageant une promesse qu'elle savait pouvoir tenir.

— Tu es à moi. Je suis à toi. Aujourd'hui et pour toujours. Ensemble, nous serons le meilleur Alpha Granite Lake jamais vu. Pas parce que nous sommes physiquement forts...

— ... nous le sommes totalement, l'interrompit-il avec un clin d'œil.

Elle rit puis continua.

— Parce que nous travaillerons ensemble et que chaque action sera construite sur la base la plus forte qui soit.

— *L'amour.*

La meute entière cria la réponse, et elle et Keil se

cognèrent le poing avant de se tourner pour être témoins de l'approbation de la meute.

Les acclamations et les tremblements de bras ne s'étaient pas calmés lorsqu'il attrapa ses doigts et lui embrassa les jointures.

Les picotements sous sa peau passèrent d'intenses à électrisants.

La seconde suivante, la magie l'emporta. Que ce soit biologique ou quelque chose d'autre, Robyn ne savait pas si c'était de l'ordre du scientifique ou de l'extraordinaire, et elle s'en fichait. Tout ce qu'elle savait, c'est qu'en regardant dans les yeux de l'homme qu'elle aimait, la réalité changea. Sa robe tomba au sol pendant que le plaisir se diffusait dans ses veines et elle...

... atterrit sur quatre pieds avec le loup parfait de Keil se tenant en face d'elle.

Oh. Mon. Dieu.

Robyn se secoua sur ses pattes. Elle respira profondément et libéra la joie qui attendait d'exploser hors d'elle.

Elle hurla pendant deux secondes avant de tomber sous le choc.

— *Tu vas bien ?* demanda Keil, frottant son corps contre le sien.

Est-ce qu'elle allait bien ?

— *Je me suis entendue. J'ai* entendu *mon hurlement.*

Sa hanche la cogna.

— Ton loup n'avait pas de fièvre, je suppose. Tu pourrais le regretter à un moment donné, les loups sont sacrément bruyants.

Rien dans le fait d'être un loup n'était fait pour les regrets. Elle regarda son compagnon, et le rassemblement devant eux, certains avaient déjà bougé et attendaient avec impatience. Son corps était puissant et sauvage, et l'envie de courir était impossible à ignorer.

— *Hé, Keil*, murmura-t-elle.

Robyn resserra ses muscles, se préparant pour le bon moment.

— Tu l'es.

Elle explosa vers la sortie, sprintant complètement vers les arbres où les parfums de la nature sauvage et l'air frais et pur l'appelaient.

Keil la rattrapa quelques instants plus tard et ils coururent.

Ensemble.

ÉPILOGUE

En attendant le retour de Keil, Robyn et les autres, Tad luttait contre des émotions mitigées.

Il était si heureux pour sa sœur – il était clair qu'elle était enfin exactement là où elle était censée être, et avec l'homme parfait. Les compagnons étant ce qu'ils étaient, il n'y avait aucun doute.

Non pas qu'elle n'ait jamais vraiment eu besoin d'un protecteur, sachant que Keil serait toujours là pour elle, il était plus facile pour Tad de cesser de s'inquiéter comme il l'avait fait au cours des vingt dernières années...

D'accord, certes, il s'inquiéterait toujours. Elle faisait partie de la famille, et prendre soin d'elle, c'était ce qu'il était censé faire.

Ce dont il avait besoin, c'était d'une distraction. Quelque chose de nouveau sur laquelle concentrer son énergie et son attention.

Heureusement, ou malheureusement, il savait exactement par quoi il était obsédé depuis des années. Depuis qu'il avait découvert la vérité sur les métamorphoses

— merci, TJ, d'être un imbécile maladroit — Tad essayait de résoudre son propre dilemme.

Il le voulait. Vraiment.

Pas seulement le fait d'être un loup ; cela hantait ses rêves et lui démangeait la peau. Il voulait tout. La compagne, la meute, l'appartenance... en attendant, il avait l'impression d'être ballotté par la marée.

Il avait une meute, certes, mais sa place était incertaine. Pas comme Robyn, qui était désormais le centre de l'univers de Granite Lake avec Keil à ses côtés.

Ce n'était pas de la jalousie. Bon sang, Tad s'en fichait d'être en bas du peloton, même s'il en doutait. C'était l'incertitude qui tuait sa joie à tous les coups.

Il avait envie de trouver une partenaire, de batifoler dans la meute, de connaître l'afflux d'hormones stupides et l'exaltation sexuelle parfois si flippante.

Du sexe. Il en avait besoin, et vite.

Oui, alors que ses ennuis étaient loin d'être terminés, c'était ce sur quoi il devait se concentrer avec toute l'énergie qu'il lui restait et qu'il n'avait plus besoin de consacrer à sa sœur.

Planifier pour passer un sacré bon moment était mieux que de se morfondre. Tout était mieux que de s'asseoir et d'attendre que la vie se passe.

Il leva une main en reconnaissant la vague de Granite Lake Beta. Il alla voir ce que voulait Erik. Tad sut où aller chercher une solution une fois qu'il serait sorti de là.

Les bras d'une belle femme étaient l'endroit idéal pour débuter.

~

Tournez la page pour un bonus avec en vedette la grande aventure de TJ !

BONUS : LA GRANDE AVENTURE
DE TJ

Ce qui suit est un bonus sur le jour où Tad Maxwell a découvert l'existence des métamorphes. J'espère que vous apprécierez ce court voyage avec Tad et quelques membres de la meute de Granite Lake.

Viv.

PREMIÈRE PARTIE

Parc national Kluane, Yukon
Il y a quelques années…

Le soleil brillait à la surface du lac et reflétait un million de joyaux étincelants dans ses yeux. Le ciel d'été bleu vif s'étendait au sommet de la montagne voisine. Tad manœuvra son hydravion vers le quai portable visible le long de la rive nord du petit lac. Il prit une profonde inspiration et se félicita d'avoir été assez intelligent pour trouver un travail qui lui permettait de sortir d'un bureau et d'entrer dans l'un des plus beaux pays du monde.

Merde, il aimait voler !

Il venait juste de garer l'avion à côté du quai, aussi soigneusement que possible, quand on lui étreignit l'épaule.

— Bel atterrissage, sexy, très sympa.

Tad sourit en ouvrant sa porte pour laisser sortir ses clients. C'était la deuxième fois qu'il effectuait une réservation privée pour les aventures Maximum Exposure basées en Alaska. Le propriétaire, Keil Lynus, était un monstre d'homme avec des bras de gladiateur et un comportement très doux.

— Excellente installation, Keil, déclara Tad en fixant les cordes d'attache à l'avant et à l'arrière, en les resserrant pour maintenir les énormes flotteurs à côté du quai. Il admira la petite cabane en rondins bien rangée au bord du lac, un petit hangar de stockage niché derrière des arbres.

— Nous pouvons décharger le matériel petit à petit, ou nous pouvons nous organiser en une brigade et tout faire descendre de l'avion jusqu'au chalet, ou où vous le souhaitez. À toi de choisir.

Le quai vacilla. Keil se tenait aux côtés de Tad.

— Qu'en penses-tu, Erik ? Je suis partant pour la brigade. Je déteste ramasser des choses une douzaine de fois.

Tad regarda le partenaire commercial et le meilleur ami de Keil se recroqueviller pour passer la porte. Si Keil était grand, Erik était le Géant sympa sous stéroïdes.

Avec plein de tatouages.

— Certainement une longue portée, seulement je pense que toi et moi devrions être à terre. Nous mettrons les choses là où nous pourrons les trouver. La dernière fois que nous avons laissé ton petit frère stocker du matériel, c'est devenu une partie du trésor perdu des Templiers.

— Hé, ronchonna TJ, j'aime seulement organiser les fournitures de manière logique. Vous autres, rustres ne le faites pas.

Il s'assit au bord de la porte de l'avion et fit une grimace à son frère aîné.

— Et je parle de rustres dans le sens le plus pur du terme.

Tad sourit à ses passagers et inspira profondément l'air frais.

Il volait à plein temps depuis trois mois maintenant et il espérait encore de nombreux jours comme celui-ci. Des clients réguliers qui traitaient la nature sauvage comme un joyau précieux. Des gens qui retournaient aux mêmes endroits pour se ressourcer, pas pour se ficher en l'air.

Tad était sur le point de gagner sa vie en faisant ce qu'il aimait, et il en était ravi.

Après que TJ se fut cogné la tête contre l'encadrement de la porte pour la troisième fois, Tad lui tint la main pour le retenir.

— Tu veux que je te passe les affaires ? Je ne suis pas aussi grand que toi, et si tu tapes encore plus dans le cadre, tu le déformeras. Je fais payer un supplément pour des choses comme ça.

TJ sauta à terre et passa une main sur son front.

— Super. C'était difficile aussi de se retourner dans le fond, et j'ai cogné l'os de mon coude tellement de fois qu'il est engourdi. Pas aussi gravement que lorsque mon bras s'est endormi et que Keil m'a lancé quelque chose, et que je n'ai pas pu lever la main à temps pour l'attraper. J'ai failli me casser le nez.

Tad ricana. TJ titubait vers le bout du quai, les bras pleins de sacs de sport remplis de fournitures. Quoi qu'aient mangé ces garçons à Haines, en Alaska, ils étaient devenus sacrément costauds. Même TJ était plus grand que Tad, et il n'était pourtant pas petit.

Tad se retourna pour préparer une autre charge quand il entendit un éclaboussement lointain suivi d'un cri strident.

Hiver comme été, l'eau était alimentée par les glaciers

Il sauta sur le quai pour aider le garçon, mais Keil le battit.

— TJ, tu es un foutu idiot ! Qu'est-ce que tu fais ?

Il se pencha et, d'une main, souleva le garçon pour qu'il se tienne à côté de lui, tout mouillé.

— Oups. Je ne sais pas comment c'est arrivé. Je veux dire, l'une des planches doit être branlante ou quelque chose comme ça.

Keil passa les mains sur son visage, prit une inspiration apaisante, puis montra la cabine.

— Va te changer, maman va me tuer si je te laisse attraper un autre rhume. Mets la bouilloire à chauffer.

Il fit quelques pas vers l'avion avant de s'arrêter.

— TJ, es-tu tombé avant ou après avoir pris un chargement de matériel ?

TJ se mordit la lèvre et s'éloigna lentement de son frère. Il fit volte-face et courut vers la cabane comme si le diable le poursuivait.

— C'est ce que je pensais, marmonna Keil.

Il cria après son jeune frère en fuite :

— Tu as de la chance que maman t'aime bien gamin ! Ou tu nagerais avec les ours polaires en ce moment !

Tad essaya de garder un visage neutre alors que Keil s'approchait de l'avion pour prendre en charge le matériel de transport.

Keil rit.

— Ne t'inquiète pas, je ne le tuerai pas. Il est meilleur qu'avant, si tu peux le croire. Attends, tu n'as rien vu. Reste avec nous très longtemps et tu te sentiras comme chez toi dans une maison de fous.

Tad transmit une autre charge d'équipement, et un éclair de contentement déferla.

Il ne savait pas pourquoi, mais quand il passait du temps avec ce groupe de fous, il se sentait très, très bien.

— TJ, pourquoi te caches-tu près du hangar de stockage ?

Tad avait parcouru tout le camp pour trouver le garçon.

— Parce que je ne peux pas me cacher dans le chalet et si je me cache sur le quai, eh bien, euh, les gens me verront.

Tad secoua la tête d'incrédulité.

— Es-tu fou ? Es-tu en train de faire tout ton possible pour énerver ton frère ? Je pensais que tu devais préparer le déjeuner.

TJ s'appuya sur les barils empilés derrière lui. De grands récipients en plastique avec un joint étanche pour empêcher les ours de fouiller dans les provisions se tenaient bien alignés le long de la paroi latérale du hangar de stockage.

— J'ai déjà préparé le déjeuner. C'est sur la table.

Il jeta un coup d'œil prudent autour de lui avant de confier :

— En fait, maman a préparé le déjeuner à la maison et je viens de le déballer. Ne le dis pas à Keil. J'espère avoir quelques morceaux de brownie.

— Tu es une menace pour toi-même, n'est-ce pas ?

— Empoté de premier ordre, c'est moi. Moi seul possède mes qualités rédemptrices. Je suis très cultivé, j'ai une excellente hygiène dentaire et je ne pète jamais en public, sauf si je le veux vraiment.

Tad regarda le flanc de la montagne avec ravissement tandis que TJ continuait sa marche. Quel bel endroit pour amener les clients faire du canoë et pêcher et...

— Merde !

Tad jeta un coup d'œil en arrière pour voir le garçon écarter l'un des barils des autres.

— Attention, gamin.

TJ déplaça le poids de son corps sur le côté pour éviter le baril à sa droite. Cela le mit en contact avec celui de gauche, et il glissa de sa base, oscillant trois fois avant de tomber vers TJ.

Le mur entier de barils s'effondra de manière chaotique, venant atterrir dans un fracassement en tas au hasard, le tout résonnant dans l'air.

Très inquiet, Tad se précipita vers l'endroit où TJ avait chuté pour le retirer, criant à l'aide par-dessus son épaule.

— Keil, Erik. J'ai besoin de vous.

Il repéra la botte de TJ sous le désordre.

Plusieurs des barils avaient atterri les uns sur les autres, ce qui laissait un tout petit espace. Avec un peu de chance, TJ ne serait pas écrasé sous la lourde charge.

— Attends, TJ, on va te sortir de là.

Tad tira doucement sur la botte, pour voir si c'était possible... mais il n'était pas sûr de ce qu'il était en train de faire. Parce que la botte se détacha dans sa main, une chaussette blanche unie accrochée à l'intérieur.

— Qu'est-ce que... ?

Les barils basculèrent et Tad recula une seconde. Des pas lourds s'approchèrent, il venait juste de se retourner vers la pile quand il l'entendit.

Un long hurlement de loup venait de sous les barils.

DEUXIÈME PARTIE

Keil s'élança derrière lui.

— Où est TJ ? Comme si je ne connaissais pas déjà la réponse...

Tad montra les barils d'un doigt tremblant.

Des jurons s'échappèrent des lèvres de Keil.

— Impressionnant. Tout simplement génial.

Il éleva la voix pour crier après son frère.

— Je vais te tuer, TJ ! Je jure que je vais...

Un autre hurlement s'éleva dans l'air et Tad frissonna.

— Si nous tirons le baril supérieur...

— C'est bon. Donne-moi une minute.

Keil marcha d'un pas lourd jusqu'à l'arrière du tas et poussa. Le reste de la pile bougea et Tad trébucha sur ses pieds pour tenter de se mettre en sécurité tout en gardant un œil sur Keil.

Une grande forme passa devant le baril.

Un très grand loup des bois gris argenté.

— Putain de merde ! En un éclair, Tad se leva et s'éloigna du loup en direction de la porte du hangar.

Keil lui bloqua le chemin, debout, les mains levées, les paumes ouvertes :

— Hé, ça va. Relaxe.

Tad tâta sa ceinture, saisit son couteau de chasse pour le tenir entre eux.

— Relaxe ? Merde, merde... pas possible. Que se passe-t-il, Keil ? Où est TJ ?

— Tad. Range le couteau. TJ va bien, il est juste là derrière le hangar.

Tad jeta un coup d'œil de côté avant de pointer le couteau vers Keil.

— C'est un putain de loup ?

Keil fit un pas en arrière puis croisa les bras.

— Veux-tu ranger ce foutu couteau pour que je puisse te parler ?

— Impossible.

— Tad, je te préviens.

— Non.

Keil passa la main sous sa veste matelassée et sortit une arme de poing. Sans un mot, il ajusta sa position, visant directement le centre de la poitrine de Tad.

Ils restèrent immobiles, les oiseaux printaniers chantaient vraiment fort autour d'eux. Tad se retira et rangea son couteau.

— Foutues lois américaines sur les armes à feu, marmonna-t-il.

L'autre homme haussa les épaules en retirant son pistolet.

— J'ai un permis. Je n'y peux rien si vous, les Canadiens, êtes trop polis pour en porter.

— J'ai un fusil de chasse dans l'avion, déclara Tad brièvement.

— Je suis sûr que cela sera très utile lorsque les ours essaieront de grimper pour un tour gratuit.

Keil se retourna vers la zone de stockage.

— TJ, ordonna-t-il. Amène ton cul poilu ici maintenant !

Le grand loup gris argenté se glissa au coin, la tête baissée.

Keil fit signe à Tad de le rejoindre.

— Je dirais toutes les choses habituelles comme il ne va pas te faire de mal, et ne panique pas, mais le dire ne rendra pas les choses plus faciles.

Il montra le loup là où il était assis devant eux.

— Tad, tu as rencontré TJ, autrement connu sous le nom de M. Désastre. Tu peux en avoir un bon aperçu.

— Regarder quoi... ?

— Change, TJ, ordonna Keil.

Tad balança sa tête en arrière pour regarder... TJ ? Impossible.

Pendant un instant, le loup le regarda avec des yeux brillants avant que la vision de Tad ne se brouille. Au lieu d'un gros animal, il y avait un grand jeune homme assis nu sur le sol.

— Je suppose que c'était trop compliqué pour toi de me demander de me changer une fois que j'étais quelque part près de vêtements propres, hmmm ? se plaignit TJ.

Keil lui lança un regard noir.

TJ ferma la bouche, se mordant durement la lèvre inférieure.

Son frère leva une main, pointant son index vers le chalet. Pour la deuxième fois en une heure, TJ s'éloigna d'eux en courant.

Bien sûr, cette fois il était nu, mais Tad essayait vraiment de ne pas le remarquer.

— Eh bien, désolé pour cette entrée soudaine dans notre réalité, mais... hé, nous y sommes, annonça Keil.

— En fait, je suis dans le coma quelque part, n'est-ce pas ? C'est un rêve, et j'ai l'impression bizarre de voir le cul de TJ.

Keil renifla.

— J'espère que non. Son cul est trop jeune pour toi, même si tu as changé de bord, ce que je ne pense pas que tu as fait. Il plaqua une main sur l'épaule de Tad, le tirant vers le chalet.

— Allez, je pense que tu pourrais prendre un petit coup de gnôle. Nous allons déjeuner, répondre à tes questions. Ça va aller.

Tad regarda à nouveau le lac. Le soleil brillait toujours, le ciel était encore clair. Au cours des cinq dernières minutes, le monde entier avait basculé.

C'est étrange à quel point la vie peut changer rapidement.

Ils apportèrent des chaises sur le porche de la cabane pour pouvoir s'asseoir au soleil pendant qu'ils parlaient.

Tad rejeta sans hésitation l'image de tout ce qu'Erik lui avait tendu. S'ils voulaient sa mort, ils n'auraient pas à perdre de temps à droguer sa nourriture ou sa boisson. Pour une raison inconnue, il était absolument affamé.

Apparemment, découvrir que les loups-garous existaient avait cet effet sur son système.

— Alors... vous êtes des loups-garous, mais vous n'avez pas besoin d'une pleine lune pour vous transformer, et vous ne déchirez pas la gorge des gens. Je suis plutôt content de ce détail.

— Le mien.

Keil attrapa le dernier sandwich sur le plateau, et frappa la main de TJ.

— Tu n'es pas très haut dans mon estime en ce moment, petit frère. Va trouver quelque chose de productif à faire, comme sortir les sacs de matériel que tu as enlevés du quai.

TJ s'éloigna.

— C'est une catastrophe naturelle, mais je l'aime, admit Keil.

Tad passa une main dans ses cheveux.

— D'accord, puisque tu le dis, et maintenant ? Je dois prêter serment de ne jamais révéler ta présence ? Je suis sûr que ce sont des trucs assez discrets, et que je ne suis pas censé savoir sur vous.

— Oh, non, rassura Erik.

— C'est très bien pour les loups de connaître d'autres loups.

Tad se figea.

— De quoi parles-tu ?

— Tu sens le loup, Tad, dit Erik.

— Mais ce n'est pas à pleine puissance. L'un de tes parents, ou peut-être l'un de tes grands-parents est probablement un loup. Tu es ce que nous appellerions une demi-race, peu importe depuis combien de générations le loup est dans ton arbre généalogique, l'informa Keil.

— Tu me fais marcher. Je ne me suis jamais transformé en loup.

— Non, tu ne pourras pas le faire tant que tu n'auras pas activé les gènes du loup. Tu as besoin d'une hormone spéciale pour actionner l'interrupteur, pour ainsi dire.

Keil le dévisagea, impassible.

Putain de merde.

Tad était assis là tranquillement, observant les autres hommes alors qu'il essayait de comprendre l'impossible.

— Alors, pourquoi personne ne m'a dit ça ? Comme mes parents, ou grand-père, ou qui que ce soit ?

— Nous n'avons aucun moyen de le savoir, déclara Keil. Il est possible que ton donneur de gènes soit un paria et ne veuille pas te le dire. Les pur-sang n'ont pas tendance à le dire aux sang-mêlé qui ne sont pas conscients de leur héritage parce que... eh bien, je dois avouer que c'est un peu un parti pris racial. Je n'adhère pas vraiment à cette façon de penser. Erik et moi avons discuté du fait de devoir te le dire. Tu sais, après que nous t'avons rencontré lors de notre dernier voyage.

Il avait l'air suffisamment coupable pour que Tad se sente un peu mieux à l'idée de garder le secret. Keil et Erik étaient de bons gars, dans l'ensemble. Hormis le fait de se mettre à poil et de pointer des armes sur les gens.

Erik hocha la tête.

— Tu as le sang pour, et si tu es déclenché, tu pourras te métamorphoser.

Devenir un loup ? Ne serait-ce pas génial ?

— Waouh. Alors, comment puis-je obtenir l'hormone ? J'aimerais pouvoir me transformer en loup.

Tad se pencha plus près, essayant de déchiffrer les expressions soudainement étranges de Keil et Erik.

— Est-ce que ça coûte cher ? Parce que j'ai de l'argent de côté...

— Ce n'est pas de l'argent dont tu as besoin. C'est...

Erik haussa les épaules.

— C'est compliqué. Simple, mais compliqué.

Keil intervint avec fermeté.

— Et c'est tout ce que nous allons dire maintenant.

— Pas question, cria presque Tad. Ce n'est pas juste.

Peu m'importe à quel point c'est compliqué, tu dois me le dire. Je veux dire, tu as déjà joué la carte « Il y a des loups-garous qui vivent parmi nous » et la carte « Tu es l'un des nôtres ». Cette dernière chose ne peut pas être pire. Crache-le, salaud.

Erik grimaça, se blottissant de manière protectrice entre Tad et Keil, bien qu'il semblât protéger Tad de Keil.

— Hum, ralentis là, junior. Une chose que tu finiras par apprendre, c'est que les loups n'aiment pas être commandés. Surtout pas les loups Alpha.

Bon sang de bonsoir. C'était des conneries.

— Eh bien, c'est coriace. J'ai du mal à ne pas être énervé quand les gens —— excusez-moi, les loups —— refusent de me dire ce que j'ai besoin de savoir.

— Ce n'est pas ma place, déclara Keil. Tu habites à Whitehorse. Tu dois parler à l'Alpha là-bas, ou nous pourrions déclencher une guerre territoriale.

— Et autant que nous t'aimons, ajouta Erik, nous essayons d'éviter la mort par principe, lorsque cela est possible.

L'estomac de Tad se retourna. C'était trop bizarre. Les loups-garous avaient des règles qui feraient tourner la tête de n'importe qui.

Il ramassa la lampe torche à côté de lui, l'éteignant et l'allumant rapidement.

— Ça suffit pour moi de penser que vous étiez parmi les gentils…

— Je suis bon. Tu n'as pas idée de l'endroit où tu t'apprêtes à mettre les pieds.

Keil attrapa la lampe de poche de Tad.

— Arrête ça, ça m'énerve.

— Cela nous rend égaux, parce que tu m'énerves.

Tad ignora le grognement qui s'échappait de l'autre

homme. Au lieu de cela, il jeta un coup d'œil à sa montre.

— Bien. Je dois y aller bientôt si je veux revenir sur la piste d'atterrissage avant ma date limite. Es-tu sûr que TJ va bien, ou devrais-je l'emmener par avion ?

Erik secoua la tête.

— Les loups ont de très bons pouvoirs de guérison. Je parie qu'il n'a plus que quelques bleus maintenant.

Tad hocha vivement la tête avant de se tourner vers le... Alpha ? Le loup qui était son ami. Ou l'avait été jusqu'à maintenant.

— Keil. Très bien, je vais te faire confiance. Organise une réunion avec les autres groupes, ou meutes, ou tout ce avec quoi je dois me sentir à l'aise. D'accord ?

Keil tendit la main et serra fermement celle de Tad.

— Tu es un homme bien, Tad.

— Oui, eh bien, je t'apprécie, tu sais, de ne pas m'avoir arraché la gorge, ni de me tirer dessus ou quelque chose du genre quand j'ai découvert ton secret.

Erik éclata de rire.

— C'est beaucoup plus propre comme ça. Devoir nettoyer le sang du Goretex est un emmerdement sans fin.

— Je vais appeler les meutes autour de Whitehorse. Quelqu'un prendra contact pour qu'il puisse t'apprendre ce que tu dois savoir et comment t'installer. Parce que, Tad...

Keil le regarda dans les yeux.

— Tu es un loup. Tu dois être avec des compagnons de meute pour être vraiment heureux. Ne nie pas cette partie de toi.

Tad hocha la tête, balança son sac à dos sur son dos, et alla vers son avion.

Loups-garous. Qui l'aurait cru ?

Achetez *L'Escapade du loup* dès aujourd'hui.

Vivian Arend, auteure de best-sellers au *New York Times*,
vous présente une série de novellas légères au rythme
enlevé, indépendantes les unes des autres, avec des couples
prédestinés et des fins toujours heureuses.

Les Loups de Granite Lake
tome 1 : Le Langage du loup
tome 2 : L'Escapade du loup
tome 3 : Les Jeux du loup
tome 4 : Les Traces du loup
tome 5 : Le Territoire du loup
tome 6 : La Morsure du loup

Vivian fait actuellement traduire ses nombreuses séries.
Merci de consulter son site web pour toutes les dernières
informations.
www.vivianarend.com/fr

À PROPOS DE L'AUTEUR

Avec plus de 3 millions de livres vendus, Vivian Arend est une auteure de best-sellers figurant aux classements du New York Times et de USA Today. Elle a écrit plus de 70 romances contemporaines et paranormales.

Ses livres sont des romans intégraux qui peuvent se lire indépendamment de toute série et ne se terminent pas sur un suspense. Ce sont des histoires pleines d'humour et d'émotions, avec des moments sensuels et des fins heureuses. Vivian estime avoir le plus beau métier au monde. Elle habite en Colombie-Britannique, au Canada, avec son mari depuis plusieurs années (l'inspiration de chacun de ses héros et un compagnon volontaire pour toutes sortes d'aventures).

www.ingramcontent.com/pod-product-compliance
Lightning Source LLC
Chambersburg PA
CBHW031003210726

48290CB00007B/2449